Buffy – Im Bann der Dämonen
Der Hexer von Sunnydale

JOHN VORNHOLT

Buffy
IM BANN DER DÄMONEN

DER HEXER VON SUNNYDALE

Aus dem Amerikanischen
von Barbara Först

vgs

Die Deutsche Bibliothek – CIP-Einheitsaufnahme

Buffy, im Bann der Dämonen. – Köln : vgs
Der Hexer von Sunnydale / John Vornholt.
Aus dem Amerikan. von Barbara Först. – 1998
ISBN 3-8025-2601-5

Das Buch „Buffy – Im Bann der Dämonen. Der Hexer von Sunnydale“ entstand nach der gleichnamigen Fernsehserie (Orig.: *Buffy, The Vampire Slayer*) von
Joss Whedon, ausgestrahlt bei ProSieben.

Erstveröffentlichung bei Pocket Books, New York 1998.
Titel der amerikanischen Originalausgabe: Buffy, The Vampire Slayer.
Coyote Moon.

Lektorat: Michael Neuhaus, Köln
Umschlaggestaltung: Papen Werbeagentur, Köln
Titelfoto: © Twentieth Century Fox Film Corporation, 1998
Satz: ICS Communikations-Service GmbH, Bergisch Gladbach
Druck: Clausen & Bosse, Leck
Printed in Germany
ISBN 3-8025-2601-5

Besuchen Sie unsere Homepage im WWW:
http://www.vgs.de

Für meine Kundschafter und Rechercheure
Nancy, Sarah und Eric Vornholt
und Lee Whiteside

1

Der Abendwind trug einen dünnen, hohen Schrei herbei, der fast wie das Weinen eines Babys klang. Aber dies war kein Baby. Buffy Summers blieb einen Augenblick stehen und lauschte, als sie aus dem *Bronze* trat. Das *Bronze* war der coolste Club in Sunnydale, allerdings auch der einzige – aber trotzdem irgendwie cool.

Wieder ging die Tür auf, und ihr Freund Xander kam heraus, rannte mit seinem schlaksigen Body förmlich in sie hinein. „Hey Buffy, das ist 'n Eingang hier, kein Parkplatz!"

„Sorry", gab Buffy zurück. „Hörst du das?"

Xander legte die Stirn in Falten, während er der Rockmusik lauschte, die durch die Wände hämmerte. „Glaubst du, der Gitarrist hat endlich den richtigen Akkord hingekriegt?"

„Keine Chance", sagte Buffy. „Ich meinte was anderes – es hörte sich an wie 'n Heulen."

Wieder öffnete sich die Tür. Willow kam heraus und rannte die beiden fast über den Haufen. „Spielen wir hier die drei Dumpfbacken?" fragte sie.

„Nein", erwiderte Xander. „Dann müßten wir ja versuchen, *gleichzeitig* durch die Tür zu gehn. Wir spielen gerade, daß wir in 'ner dunklen Gasse stehen und horchen . . . Auf was horchen wir eigentlich?"

Buffy schüttelte ihre honigblonde Mähne. „Ich weiß nicht, da ist nur so 'n verrücktes Geräusch – so 'ne Art Heulen."

„Meinst du nicht, daß das der Sänger von der Gruppe ist?" erkundigte sich Willow.

Buffy seufzte. „Na schön, das war heute abend nicht gerade erste Sahne, was da im *Bronze* aufgetreten ist. Fällt dir was Besseres ein, wo wir hingehn können?"

„Vielleicht nach Hause und ins Bett?“ fragte Willow hoffnungsvoll.

„Wir können noch genug pennen, wenn die Schule wieder anfängt“, sagte Xander in einem Ton, der keine Widerrede duldete. „Biologie, englische Literatur, Bücherwälzen in der Bibliothek – da hat man doch seine Ruhe! Aber jetzt müssen wir unbedingt einen draufmachen!“

„Er hat recht“, stimmte Buffy zu. „Die Ferien sind schon fast vorbei, und als Teenager haben wir die Pflicht, uns soviel wie möglich zu amüsieren, bevor die Schule wieder anfängt.“

Willow blickte sehnsüchtig drein. „Ich glaub fast, Schule macht mehr Spaß als Ferien.“

„Deshalb kümmern wir uns ja so um dich“, erklärte Xander. „Du bist echt komisch!“

Buffy spazierte die enge Gasse hinunter, die zwischen den Lagerhäusern und dem *Bronze* verlief. „In diesen öden Zeiten, wenn nirgendwo 'ne Party steigt, gibt's wenigstens noch einen Typen, der einen nie hängenläßt – Mr. Freeze! Meine Mom hat letztens noch unseren Vorrat an Cookie-Dough-Eis aufgestockt.“

„Meine Lieblingssorte!“ jubelte Xander.

Mit Buffy, der Jägerin, an der Spitze wanderten die drei Freunde aus den finsteren Vierteln der Stadt über die Bahngleise bis in eine freundliche Vorstadtstraße. Selbst Buffy mußte zugeben, daß das Leben in letzter Zeit ein wenig langweilig geworden war – keine Schule und noch nicht mal Vampire zum Killen – aber sie wollte sich keinesfalls beschweren. Vor Vampiren Ruhe zu haben war noch viel besser als Urlaub von der Schule.

„Hört mal!“ begann Willow aufgeregt. „Ich hab eben mitgekriegt, daß am Wochenende auf der Main Street eine Kirmes eröffnet wird – auf dem Platz, wo früher das Autokino war!“

„Was denn für 'ne Kirmes?“ wollte Xander wissen.

„Kennst du doch“, erklärte Willow. „So 'ne billige, aufgemotzte Kirmes eben – mit altersschwachen Karussells und drittklassigen Geisterbahnen.“

„Cool!“ rief Xander aus. „Genau das richtige, um das Ende der Ferien zu feiern.“

„Und unser ganzes Geld vom Babysitten zu verjubeln“, setzte Buffy hinzu.

Von den Aussichten für das kommende Wochenende begeistert, legten sie einen Schritt zu. Ihr Weg führte über grüne Wiesen und an gemütlich aussehenden Häusern vorbei. Doch Sunnydale war keineswegs gemütlich, auch wenn es so wirkte: Es lag über dem Höllenmund, einem besonderen Ort, wo die Kräfte der Finsternis sich vereinigten und Monster aus der ganzen Welt anzogen. *Echte* Monster.

Als sie unter einer Straßenlaterne hergingen, drehte Buffy sich um und entdeckte einen Fleck unter Xanders Lippe. „Halt mal still, du hast da noch 'n Rest Schokoladenmilchshake am Mund.“

Xander lächelte ein bißchen verlegen und schob ihre Hand beiseite. „Äh, das ist bloß mein neuer Spitzbart. Ich möcht auch so einen – wie Johnny Depp.“

Willow grinste – und verdeckte ihr Grinsen dann schnell mit der Hand. „Ich find ihn toll.“

Xander strahlte vor Stolz. „Findest du echt?“

„Wenn du 'nen Schnurrbart haben willst“, schlug Buffy vor, „solltest du dir lieber die Haare in der Nase länger wachsen lassen.“

„Das würd stinken“, klagte Xander und latschte den Mädchen voraus. „Ich werd ihn wahrscheinlich wieder abrasieren, aber ihr könnt ihn mir ja noch lassen, bis die Schule wieder anfängt, okay?“

„Okay“, schmunzelte Buffy. „Wir wollen uns ja nicht in irgendwelche Haare geraten.“

Stirnrunzelnd sah Willow sie an. „Warum wollen Männer bloß Haare im Gesicht haben?“

„Weil sie im Grunde Wilde sind“, gab Buffy achselzukkend zur Antwort. „Tief, tief innen, unter dem ganzen Deo und Aftershave, sind die meisten von ihnen Wilde, die in 'ner Höhle schlafen und sich lausen wollen.“

„Aber Xander ist doch kultiviert“, sagte Willow hoffnungsvoll. „Er wird sich doch nicht so einen Pelz im Gesicht wachsen lassen, oder? Ich hab einfach Angst vor Dingen, die *zu* haarig sind.“

Buffy zuckte zusammen. Die feinen Härchen auf ihrem Nacken hatten sich aufgestellt – Willows Bemerkung hatte ihnen offensichtlich gar nicht gefallen. Irgendwie war sie auch verkrampft – der nächste Vollmond nahte. Aber daran zu denken hatte sie nun gar keine Zeit, denn das Kribbeln ihrer Nackenhärchen ließ nicht nach.

Sie wußte, daß sie alle in tödlicher Gefahr schwebten. *Aber woher drohte die Gefahr? Und von wem?* Instinktiv verlangsamte sie ihre Schritte und ging in die Hocke.

Plötzlich brach eine Horde wilder Tiere aus einem der Vorgärten und kam mit einem Ruck vor Xander zu stehen. Mit einem erstickten Schrei sprang der tapfere Held mit seiner neuerworbenen Manneszierde zurück und brachte sich hinter Buffy in Sicherheit. Während die Freunde sich hinter der Jägerin aufstellten, bildete das Rudel allmählich einen Kreis um sie. Die Bewegungen der Tiere erinnerten Buffy an Hyänen, mit denen sie einmal im Zoo konfrontiert gewesen war. Doch diese Wesen sahen eher wie Hunde aus.

Dann ging ihr plötzlich auf, was sie waren – *Kojoten.*

Sie hatte an ihrem früheren Wohnort Los Angeles oft genug Kojoten in den Hügeln gesehen – wenn sie im Griffith Park ritt oder in der Nähe des Dodger Stadium spazierenging – aber immer nur aus der Entfernung. Noch nie hatte sie ein Rudel Kojoten so hautnah gesehen. Erschrekkend.

Es waren ungefähr fünfzehn dürre, abgerissene Kreaturen mit räudigem Fell und unruhigen Augen. Müde hingen die Zungen aus den langen Schnauzen mit den scharfen Zähnen. Die Tiere hechelten, als seien sie weite Strekken gerannt. In den wachsamen Augen erkannte Buffy Verschlagenheit und Intelligenz. Sie wußte, daß sie selbst auch wachsam bleiben mußte, aber sie konnte kaum Angst empfinden – weil die Biester so sehr wie Hunde aussahen. *Na ja, Hunde, die dringend mal gebadet und getrimmt werden müßten. 'ne ordentliche Schlammpackung würd auch nichts schaden.*

Keines der Tiere konnte ihr in die Augen schauen – bis auf einen alten grauen Kojoten mit wäßrigen gelben Augen. Er starrte sie mit einer Weisheit an, die aus uralter Zeit zu stammen schien.

Um seine anfängliche Feigheit zu überspielen, stolzierte Xander auf die dürren Raubtiere zu. „Hey Mann, das sind doch bloß Kojoten. Schschsch! Weg mit euch!"

Ein paar der räudigen Gesellen wichen etwas zurück, doch die anderen entblößten ihre langen Fangzähne.

„Xander, laß sie in Ruhe!" befahl Buffy, die immer noch in Kampfhaltung verharrte. „Fang keinen Streit an!"

„Ach, hör mal, das sind doch bloß Kojoten. Du bist neu in der Stadt, aber *wir* haben die schon immer hier gesehn."

„Hah!" machte Buffy verächtlich. „Ich hab in Los Angeles auch jede Menge Kojoten gesehen. Die hier *sehen zwar normal aus*, aber irgendwas ist unheimlich an ihnen."

Sogar Willow spottete über Buffys Furcht: „Er hat recht, Buffy. Es ist zwar ungewöhnlich, daß sie so nah rankommen, aber zu dieser Jahreszeit kommen die Kojoten immer aus den Hügeln in die Stadt und suchen nach Wasser."

Als habe es einen lautlosen Befehl vernommen, wirbelte das Rudel elegant auf den Hinterläufen herum und sprang davon. Das freudige, hohe Gebell der Tiere klang wie die Schreie einer marodierenden Räuberbande in einem alten John-Wayne-Film. In Sekundenschnelle waren die meisten Tiere um die Ecke verschwunden.

„Guck mal, was für Angsthasen!“ rief Xander und schlug sich stolz auf die Brust. „Ja, macht nur, daß ihr fortkommt!“ brüllte er hinter den Kojoten her.

Der alte Kojote mit den seltsamen Augen hielt vor der Ecke an und blickte zu Buffy zurück. Wieder spürte sie einen Krampf, eine Gänsehaut, ein Gefühl von Übelkeit und alle anderen Warnzeichen, mit denen ihr Körper ihr eine Gefahr zu vermitteln pflegte. Dieses Tier sah nicht einmal wütend aus – nur neugierig. Endlich flitzte es hinter seinen Kumpanen her, und das unheimliche Gebell hallte noch ein paar Minuten in den leeren Straßen wider.

„Sie sind auf der Jagd“, sagte Willow fröhlich. „Ich hab mal in Biologie eine Arbeit über Kojoten geschrieben, also weiß ich über ihre Gewohnheiten Bescheid.“

„Fandest du ihr Verhalten nicht ein bißchen absonderlich?“ fragte Buffy. „Mal abgesehen von der Tatsache, daß Kojoten sowieso absonderlich sind.“

„Nein“, erwiderte Willow nachdenklich. „Aber Kojoten *sind* seltsam. Weißt du, du kannst Bären etwas beibringen, und Tigern, und Elefanten, und überhaupt fast allen Tieren auf der Welt – aber Kojoten nicht. Ob in Freiheit oder in Gefangenschaft, Kojoten machen immer, was sie wollen. Die Indianer kennen alle möglichen Mythen über Kojoten.“

„Sind doch bloß blöde Hunde“, grinste Xander Buffy an. Schützend legte er ihr den Arm um die Schultern. „Mach dir keine Sorgen, Buff. Wenn du Angst vor diesen bösen Wauwaus hast, werde ich dich beschützen.“

Buffy schüttelte seinen schlaksigen Arm ab. „Ist ja toll, du starker Mann, aber solange sie uns in Ruhe lassen, ist es in Ordnung.“

„Xander hat recht“, wiederholte Willow tröstend. „Hier gibt's wirklich 'ne Menge Kojoten. Und obwohl es sie überall im Westen gibt und auch in der Nähe der Städte, kommt es doch selten vor, daß sie Menschen angreifen."

„Ich werd dran denken." Buffy lächelte ihre zerbrechlich wirkende Freundin an. Sie wollte nicht auf Xander oder Willow wütend werden – immerhin hatten die beiden nicht oft Gelegenheit, mutiger zu sein als die Jägerin. Vielleicht war es auch nur ein Rudel besonders dreister Kojoten, das die Stadt nicht kannte und lediglich die Umgebung erkundete. Trotzdem – die weisen Augen des alten grauen Kojoten gingen ihr nicht aus dem Kopf.

Mit ihren angespannten Sinnen konnte Buffy die Kojoten immer noch hören, wie sie durch Sunnydales ruhige Vorstadtstraßen sausten. Ihr widerliches Gejaule klang wie liebestolle Kater, Wölfe und zweijährige Minimenschen zugleich. Buffy war froh, als das gräßliche Heulen in der Ferne verklang.

„Die Kinder der Nacht", sagte Xander in bester Nachahmung von Bela Lugosi. „Welch schöne Musik sie machen."

„Weißt du, der hat mir wirklich immer angst gemacht", bekannte Buffy, „weil ich glaube, daß er gar nicht wußte, was er da sagte. Er hat vielleicht nur – die Laute nachzusprechen gelernt. Und warum ist er immer mit dem Cape vorm Mund rumgelaufen? Hatte er Mundgeruch? Alle Vampire, die ich kenne, lieben es, ihre Zähne zu zeigen – so richtig zu blecken."

„Ich werd mir das Eis schenken", unterbrach Willow sie und gähnte. „Es ist Zeit, nach Hause zu gehn – da können wir von der Schule träumen und diesem nutzlosen Dasein ein Ende setzen."

„Wir haben aber Fe-ri-en", beharrte Xander. „Die Zeit ohne Arbeit, der natürliche Zustand, der Sinn des Lebens."

„Ist doch bloß langweilig", gab Willow zurück. „Aber vielleicht wird's ja am Wochenende noch spannend."

„Vielleicht", stimmte Buffy zu und warf einen letzten Blick auf die ruhigen Häuser der Nachbarschaft.

Buffy schlief nie mehr ruhig und tief, und es brauchte nicht viel, um sie wie eine Rakete aus dem Bett hochfahren zu lassen. Nun rollte sie sich in ihrem enganliegenden ärmellosen Nachthemd aus dem Bett, stand barfuß am Fenster und lauschte den beunruhigenden Lauten, die durch die Scheibe drangen. Mit dem warmen Wind kam frenetisches Gebell – zweifellos, die Kojoten jagten wieder! Sie waren schon nah, und kamen immer näher.

Buffy wußte instinktiv, es war dasselbe Rudel, das sie zuvor gesehen hatte. Obwohl es fast vier Uhr morgens war, hatten die Biester noch nicht aufgegeben. Und um die Wahrheit zu sagen: Buffy wünschte sich eine Gelegenheit, das Rudel zu sehen ohne diese beiden Zweifler, Xander und Willow, die ihr nur im Wege standen. Ihr waren noch niemals so dreiste Kojoten begegnet, und sie wollte sie im Auge behalten.

Wie eine Welle von Geistern schwappte das unheimliche Gekläff über das Haus. Buffy zog Jeans und Turnschuhe an, kletterte aus dem Fenster und rutschte über das Schrägdach hinunter. Als sie auf den Boden sprang, sah sie für einen Augenblick das Kojotenrudel, das dreist mitten auf der Straße dahinjagte. Der Anführer war ein schneller hellhaariger Kojote, der irgend etwas Weißes in den Fängen hielt.

Unter aufgeregtem Gebell jagten die anderem ihm nach und waren Sekunden später verschwunden. Obwohl sie bezweifelte, das Rudel einholen zu können, wollte Buffy eben zur Verfolgung ansetzen, als sie einen verzweifelten Schrei vernahm. Sie fuhr herum und sah eine Frau mittleren Alters im Nachthemd auf sich zukommen.

„Haltet sie auf! Haltet sie!" kreischte die Frau. „Sie haben mein Baby!"

„Ihr Baby!" keuchte Buffy. Hatten die Kojoten wirklich ein *Baby* geholt?

Atemlos rannte die verzweifelte Frau zu Buffy und packte sie am Arm. „Sie haben meinen Tiger geschnappt!"

Das Mädchen blinzelte sie ungläubig an. „Okay, haben sie nun ein Baby oder einen Tiger geholt? Oder ein Tigerbaby?"

„Aber nein, meinen lieben *Tiger*!" kreischte die Frau. „Meinen kleinen Chow-Chow."

„Ach, ein Hund", sagte Buffy und versuchte, nicht erleichtert auszusehen. Es war natürlich schrecklich, daß die Kojoten einen Hund erwischt hatten, aber nicht so schlimm wie ein Baby. Sie erinnerte sich noch an Tragödien dieser Art in Los Angeles. Es konnte geschehen, wenn die Kojoten in den ausgedehnten Vorstädten auf Jagd gingen.

„Sie haben ihn einfach aus meinem Hof geholt!" rief die Frau mit versagender Stimme. „Er war schon alt und gebrechlich und konnte sich nicht wehren. Wir müssen ihn *retten*!"

Buffy nahm die Frau bei den Händen und versuchte sie zu trösten. „Es tut mir leid, aber ich weiß nicht, wie wir Ihren Tiger retten könnten. Er war vermutlich schon Sekunden nach dem Angriff tot. Außerdem können wir die Biester nicht mehr erwischen."

Die verzweifelte Frau begrub das Gesicht in den Händen und brach in Tränen aus. Buffy blickte sich um, erstaunt darüber, daß nirgendwo eine Menschenseele aus dem Haus gekommen war, um dieses Drama mitzuerleben. Noch immer klang das Gebell der Kojoten aus der Ferne.

Buffy konnte nicht mehr tun, als die Frau nach Hause zu begleiten. „Wo wohnen Sie?"

„Können wir denn gar nichts tun?" weinte die Frau.

„Na ja, wir könnten den Tierschutz davon unterrichten

oder den Hundefänger anrufen oder wer auch immer dafür zuständig ist." Buffy brachte ein ermunterndes Lächeln zustande.

„Die tun doch nichts!" grollte die Frau. „Tiger ist weg, dank dieser verdammten Kojoten! Es muß Coyote Moon sein, der sie hergebracht hat. Ich wünsch ihnen die Pest an den Hals!"

„*Coyote Moon?*" fragte Buffy argwöhnisch.

Die Frau starrte grimmig auf die verlassene Straße. Die Umgebung wirkte so friedlich – man konnte sich kaum vorstellen, daß hier eben noch eine grausame Jagd stattgefunden hatte. „Coyote Moon geht im August auf, wenn's heiß wird", erklärte sie. „Er steigt rot auf, und er zieht die Kojoten an. So hat es meine Großmutter immer gesagt."

„Großmütter kennen sich mit diesen Sachen meistens am besten aus", bemerkte Buffy nicht sehr überzeugt. Sie dachte an Großmutter Summers, die in Clearwater, Florida, Bridge spielte.

Die Frau begann unbeherrscht zu weinen. Buffy führte sie auf den Bürgersteig. „Zeigen Sie mir nur, wo Sie wohnen."

Die Frau wohnte nur einen halben Block entfernt, doch sie brauchten für den Weg fast zehn Minuten. Mitfühlend lauschte Buffy den Anekdoten über Tigers Leben. Er war ein heißgeliebter kleiner Hund gewesen und hatte ein reiches, verwöhntes Leben gehabt. Darüber sprechen zu können schien der Frau zu helfen, und sie dankte Buffy überschwenglich und viele Male.

Das Mädchen achtete darauf, daß die Nachbarin sicher hinter verriegelten Türen war, bevor sie sich selbst auf den Heimweg machte. Zwar war die Frau nun in Sicherheit, aber Tiger war und blieb verschwunden, und nichts konnte die Wildheit des Angriffs in Buffys Augen mildern.

Während sie nach Hause ging, wehte wieder das unheimliche Gejaule und Gekläff des Rudels mit dem Wind heran. Buffy hoffte, die Tiere würden sich in eine andere Stadt verziehen oder in die Wildnis laufen, aber sie rechnete nicht allzu fest damit. Wenn gräßliche Kreaturen erst einmal Geschmack an Sunnydale gefunden hatten, neigten sie leider dazu, sich hier häuslich niederzulassen.

2

Während der nächsten beiden Tage ließen sich die Kojoten nicht blicken. Buffy entspannte sich wieder und gab sich den faulen Gewohnheiten der Sommerferien hin: lange ausschlafen, erst dann aufwachen, wenn Mutter zur Arbeit gegangen war, und zum Frühstück Schokoladen-Brownies essen – daran konnte man sich echt gewöhnen.

Sie hatte Giles' Telefonnummer und erwog, ihm von den Kojoten zu berichten – aber wahrscheinlich würde auch er sich nur über sie lustig machen. Und wenn sie es jetzt so recht bedachte, war es ein ziemlich schwaches Bild, vor ein paar räudigen Kojoten Angst zu haben, auch wenn die kleine Hunde zum Frühstück fraßen. Wenn die Schule anfing, war Giles wieder in seiner geliebten Bibliothek zu finden, dann konnte sie ihn über Kojoten und Coyote Moon ausfragen. Bis dahin war es ihre Pflicht als lebenslustiger Teenager, sich die langen heißen Nächte um die Ohren zu schlagen und sich soviel wie möglich zu amüsieren.

Die Kojoten waren verschwunden, doch nun tauchten überall in der Stadt Plakate auf, auf denen die Kirmes angekündigt wurde. Am Freitag war das *Bronze* menschenleer, und jeder Teenie, der etwas auf sich hielt, stopfte sich mit Zuckerwatte voll und steckte Münzen in Spielautomaten.

„Cool!" rief Xander aus, als sie die Hügelkuppe erklommen und die grellen Neonlichter von Riesenrad, ‚Oktopus', ‚Frisbee' und anderen, wenig magenfreundlichen Attraktionen sahen. Über Nacht hatte sich das leere Grundstück in ein knalliges buntes Wunderland verwandelt. Unzählige junge Leute tummelten sich dort, sie wurden von den gleißenden Lichtern und den Soundeffekten angezogen wie Motten vom Licht. Aus knisternden Lautsprechern klang Surfermusik und versprach den endlosen Sommer, von dem alle träumten.

Na ja, alle außer Willow, dachte Buffy.

Sogar aus der Entfernung roch man schon fettige Fritten und Paradiesäpfel. Hörte eine Kakophonie von Geräuschen: süßliche Klänge vom Karussell, kreischende Mädchen auf der Achterbahn, Marktschreier in der Menge, und Gasgeneratoren, die die Lichtversorgung intakt hielten. Buffy wußte, daß sie unbedingt kehrtmachen sollte – dieser ganze Aufwand war nur dazu da, sie von ihrem sauer verdienten Geld zu trennen – doch ihre Füße bewegten sich gegen ihren Willen weiter vorwärts. Sie war von den flackernden Neonlichtern wie hypnotisiert. Nun ging es den Hügel hinunter.

„Ist das nicht 'n Riesenspaß?" grinste Xander.

„Echt riesig", stimmte Willow zu. „Ich überleg gerade, ob ich zuerst meinen Hot dog esse und hinterher kotze – oder ob ich lieber zuerst kotzen soll und dann erst was esse. Die zweite Möglichkeit macht mehr Sinn, aber dann schmeckt der Hot dog nicht mehr so gut."

„Das ist unsere Willow, wie sie leibt und lebt, hat immer das Praktische im Sinn", sagte Xander leicht hämisch.

Widerwillig wandte Buffy den Blick von den blinkenden Lichtern ab. „Warum muß es denn entweder/oder sein? Warum läßt du nicht die Dinger aus, auf denen dir schlecht wird?"

„Mir wird ja auf *allen* schlecht", entgegnete Willow. „Und außerdem werde ich sowieso immer zu allem überredet."

Xander legte den Arm um ihre schmalen Schultern. „Hey, Willow, damit's dir 'n bißchen leichter fällt, fangen wir mit der Geisterbahn an. Dann gehn wir zu diesem ‚Luna'-Ding, wo man im Käfig festgebunden und rumgeschleudert wird. Und wenn du tapfer genug bist, werd *ich* dir vielleicht sogar 'nen Hot dog spendieren."

Willow warf Buffy einen kläglichen Blick zu. „Siehst du, was ich meine? Xander lädt mich nur dann zu etwas ein, wenn ich mit ihm auf diese fürchterlichen Dinger gehen soll." Sie seufzte. „Aber es klappt jedesmal."

„Ich werd heute vernünftig sein", schwor Buffy. „Hab keine Lust zu reihern."

„Aber die Achterbahn ruft dich schon", lockte Xander und zwinkerte ihr zu.

„Okay", gab Buffy nach. „Woher wußtest du, daß ich auf Achterbahnen stehe?"

„Weil du ein Mädchen der Gefahr bist!" tönte er.

„Aber jetzt hab ich Ferien", erinnerte ihn Buffy.

Die Gassen der Kirmes waren mit Fahnen geschmückt und von Scheinwerfern erleuchtet, die hoch über ihren Köpfen an schlanken Holzmasten befestigt waren. Xander machte sie auf ein wettergegerbtes Skelett aus Metall aufmerksam, das mit seiner Höhe von drei Stockwerken glatt vor ein Scheunentor gepaßt hätte. Die Achterbahn sah schon von unten betrachtet gefährlich aus – viel zu altersschwach, um eine Fahrt darauf zu wagen. Als eine Wagenkette langsam zur ersten Abfahrt hochrollte, knirschten die Schienen bedenklich.

„Die sieht aber wackelig aus, die Achterbahn", bemerkte Xander und verzog übertrieben besorgt das Gesicht. „Das ist die Sorte, die ächzt und dich durchrüttelt, wenn du um die Kurven saust."

Seine Aussage wurde von den Schreckensschreien der Fahrgäste bestätigt, als die Achterbahn die erste und steilste Abfahrt nahm. Darauf folgte eine Haarnadelkurve, die weitere Schreie hervorrief. Buffy sah Xander voller Furcht an. Ein paar Augenblicke schaffte sie es, den Ausdruck beizubehalten, dann mußten beide grinsen.

„Nein, das würd mir überhaupt nicht gefallen", sagte sie.

„Also gehn wir als erstes da drauf", bestimmte Xander.

„Und Willow kann unsre Hot dogs und die Plüschtiere halten."

„Nein, nein", wehrte Willow sich standhaft. „Zuerst was für den Gaumen, aber 'n bißchen plötzlich!"

Alle drei mußten lachen. *Es ist wie eine kleine glitzernde Stadt*, dachte Buffy, *hier ist alles, was eine Stadt braucht*. Es gab Essen und Trinken, auch wenn beides nicht einmal annäherungsweise gesund war. Die Musik war eine nervige Mischung aus Surfsongs, Heavy Metal und schnulzigen Kinderliedchen. Für genügend Unterhaltung war gesorgt, aber nicht einmal der cleverste Junge konnte die einfachsten Spiele gewinnen, bevor er nicht den Zauber der ersten Verliebtheit in einer warmen Sommernacht entdeckt hatte. Dann erst mochte ein glückliches Mädchen seinen Preis – ein riesiges Plüschtier – mit nach Hause nehmen.

Als sie die Mittelgasse entlangspazierten, merkte Buffy, daß sie mehr an den Menschen als an den Attraktionen interessiert war. In der dichten Menge gab es vor allem Teenies in Muscle-Shirts und BH-Tops. *Die Hormone spielen verrückt*, dachte Buffy. In Augenblicken wie diesen bedauerte sie es, daß sie zu einem ewigen Singledasein verurteilt war.

Es war schon schlimm genug, daß Xander und Willow das Geheimnis der Jägerin kannten und darauf bestanden, ihr zu helfen – oder ihr im Wege zu stehen, je nachdem, von welcher Seite man es betrachtete. Ein Boyfriend hingegen würde niemals in ihr Leben passen, das am Tage ein normales Schülerdasein, nachts aber ein Vernichtungskampf war. Sie hatte schon erlebt, daß selbst eine simple Verabredung mit einem Typen schon zu kompliziert war.

Buffy hatte Angst davor, Giles zu fragen, wie es einer Jägerin erging, wenn sie älter wurde. Sie war sicher, zu einer alten Jungfer zu werden oder vorzeitig im Grabe zu enden. Wobei letzteres wahrscheinlicher schien.

Und doch wäre es nett, Angel hier zu treffen, sei es auch ganz zufällig, dachte Buffy. Sofort verbot sie sich diesen Gedanken. Angel war ein liebenswerter Vampir, der leider mit dem Fluch einer Seele und mit Gefühlen geschlagen war, und daher noch verrückter als sie selbst. Sie sollte lieber gar nicht an Jungs denken, aber das war schwierig, wo doch so viele von ihnen sich hier unter den flirrenden Neonlichtern herumtrieben.

Wenn schon die Teenies aus der Stadt heiß aussahen, so konnte man das erst recht von den Schaustellern behaupten, denen die Buden und Fahrgeschäfte gehörten. Buffy war überrascht, daß so viele von ihnen jung und knackig waren und in nichts den ergrauten Kerlen glichen, an die sie sich noch aus ihrer Kinderzeit erinnerte. Sicher, diese Männer hatten verlottert und geradezu gefährlich ausgesehen, als benötigten sie dringend eine Rasur und ein Bad, aber das gehörte ebenso zu ihrem Charme wie die anzügliche Verheißung in ihren Augen und das Versprechen in ihren Stimmen.

„Ein Freischuß für die junge Biene mit den tollen Beinen", versprach ein muskulöser junger Schausteller und drehte einen Basketball mit den Fingerspitzen. Er war tief sonnengebräunt, trug einen Viertagebart und sein sonniges Lächeln traf Buffy unvorbereitet. Sie wußte, daß der Korb hinter ihm sehr viel kleiner war als vorgeschrieben, und daß es sie bestimmt ein oder zwei Dollar kosten würde, wenn sie sich auf ein Gespräch einließ.

„Später", sagte sie, und meinte es auch so.

Buffy mußte Willow förmlich aus dem Weg schieben, denn auch die war stehengeblieben und starrte den jungen Mann mit offenem Mund an. „Äh, vielleicht könnten wir ja 'n paar Spiele machen", schlug sie ganz unschuldig vor.

„Okay, Fräulein Spar-dein-Geld, das haben wir doch längst durchdiskutiert", warf Xander ungeduldig ein.

„Zuerst die gefährlichen Sachen, dann Essen, und dann, wenn wir noch Geld übrig haben, Spiele."

„Dieses eine Mal hat er recht", meinte Buffy.

„Hallo, Schwester!" rief Xander plötzlich und schlenderte auf eine hübsche junge Frau in abgeschnittenen Shorts und knappem Top zu. Sie lächelte wie eine Zigeunerin, während sie ihn zu ihrer Bude winkte, vor der sich schon jede Menge Kerle drängten. Buffy und Willow wechselten einen besorgten Blick, dann folgten sie Xander, um zu sehen, welcher Schwindel dort verhökert wurde.

Das hübsche dunkelhaarige Mädchen war nur der Köder, die Hauptattraktion aber ein zwielichtig aussehender Clown, der auf einer Holzplanke über einem großen Wasserbassin saß. Nur – wie ein Clown sah er nicht unbedingt aus: Er trug eine Perücke in allen Regenbogenfarben, zerlaufene Schminke und ein zerlumptes Kostüm. Auf einem Schild stand, daß man für zwei Dollar fünf Bälle auf eine Art Zielscheibe werfen könne, damit er in das Bassin plumpste. Auf Buffy wirkte der Clown leider bemerkenswert trocken.

Ein Mikrophon hing über dem Kopf des Clowns, und er hatte keine Skrupel, es zu benutzen: „Hab noch nie so viele schöne Frauen auf einem Platz gesehn", schnarrte er mit einer Stimme, die weithin über den Platz schallte. „Wo habt ihr Schätzchen bloß diese häßlichen Typen her? Mann, ihr müßt ja echt verzweifelt sein!"

Ein junger Mann mit scharfgeschnittenem Gesicht trat auf das schwarzhaarige Mädchen zu und verkündete: „Ich schmeiß ihn rein!"

„Das macht zwei Dollar, Landei!" erwiderte das Mädchen neckend.

„Ah, endlich haben wir einen Lokalmatador!" krähte der Clown. „Mal sehn, ob du *Manns* genug bist, um mich in die Brühe zu tunken. Kannst vielleicht 'nen Kuß von Rose dabei gewinnen!"

Das Mädchen machte ein Schmollmündchen und warf sich in Positur, wobei eine tätowierte Rose in seinem Dekolleté erschien. Xander ließ sich mit dem Rest der Jungs näher herantreiben. Rose nahm zwei Dollar von einem benommenen Jungen und reichte ihm fünf alte Softbälle. Buffy und Willow stießen gleichzeitig einen Seufzer aus. Lernten Jungs denn nie dazu?

Der Clown verspottete den Jungen: „Was für 'n *Waschlappen*! Ich wette, er kann ihn nicht mal *bis* zum Ziel kriegen! Na los, Schlappschwanz, gib dein Bestes!"

Wutschnaubend richtete sich der Junge auf und warf den Ball. Er warf weit daneben, aber es war ein guter, kräftiger Wurf.

„Da kann meine *Großmutter* ja besser werfen!" röhrte der Clown ins Mikrophon. „Aber ich schätze, die Windelliga hat 'nen neuen Werfer gefunden!"

Wütend feuerte der Junge die nächsten vier Bälle, doch jeder traf noch weiter vom Ziel entfernt als der vorige.

„Na komm", schnurrte Rose. „Willst du's noch mal versuchen?"

„Nein", murmelte der Junge. Er schämte sich in Grund und Boden. „Ich hau ab."

Obwohl sich nun eine große Zuschauermenge versammelt hatte, gab es nicht viele, die in den Taschen nach Münzen kramten. Der Mißerfolg des Werfers hatte ihnen den Mut genommen.

„Was für 'ne Stadt iss'n das hier?" fragte der Clown. „Sunny Jail?" Die jungen Leute lachten über das Wortspiel, und der berufsmäßige Spötter fuhr fort: „Ich will ja nicht grad sagen, daß die Leute hier blöd sind, aber die wichtigste Entscheidung nach der High School ist doch die, ob man seine Kusine oder seine Schwester heiratet."

Gelächter und spöttisches Grunzen begleiteten seinen letzten Witz, und manche Jungs dachten nun wirklich daran, es einmal zu riskieren. Rose wandte sich Xander zu und klimperte aufreizend mit den langen Wimpern. „Wie wär's denn mit dir, mein Hübscher? Hast du die nötige Traute?"

Xander wäre vor Verlegenheit fast unter die Bühne gesunken, aber Roses dunkler Blick hielt ihn bei der Stange. Als er nicht schnell genug seine Brieftasche zog, fing der Clown auf der Plattform wieder an zu spotten: „Hey Kleiner, ist das 'n Schnurrbart oder deine dritte Achselhöhle?"

Buffy platzte laut heraus. Xander blickte sie vorwurfsvoll an. Nun griff er ohne zu zögern nach seinem Portemonnaie und nahm zwei Dollar heraus. Er konnte Clowns sowieso nicht ausstehen.

„Clown. Wasser. Macht euch zur Begegnung bereit!" schwor er, und die Menge jubelte ihm zu.

„Spar-dein-Geld!" rief Willow, ohne gehört zu werden.

Xander zielte sorgfältig auf die seltsame Zielscheibe, die leider kaum größer war als einer der Softbälle – und noch dazu ungefähr zwölf Meter entfernt. Man mußte schon wirklich genau zielen, um den unausstehlichen Clown ins Wasser zu werfen, und Xander war noch nie besonders sportlich gewesen. Sein erster Wurf ging fast zwei Meter daneben.

„Ach Gottchen, hat er etwa jemand getroffen?" fragte der Clown scheinheilig, während die Zuschauer vor Lachen fast starben.

„Du kannst es!" ermutigte ihn Rose.

„Ja, du kannst es!" rief auch Willow, um sich nicht verdrängen zu lassen.

Xander holte weit aus und warf mit aller Kraft. Diesmal traf er nur einen halben Meter daneben.

„Stell es dir vor!" rief Buffy.

„Stell *du* dir mal was vor!" schaltete sich wieder der Clown ein und starrte zu Buffy herüber. „Du und ich, wir gehn nett zusammen aus, in 'n schickes französisches

Restaurant. Wir bestellen Trüffel und 'nen guten Wein – das heißt, *du* kriegst 'ne *Limo*."

Sie blickte ihn, wie sie hoffte, voller Verachtung an, aber seine Worte hatten die gewünschte Wirkung auf Xander. Der war nun so wütend, daß er kaum noch das Ziel sah und zwei Würfe völlig versiebte. Nun blieb ihm nur noch ein Ball übrig.

Der Clown hörte nicht auf, ihn zu verspotten: „Vielleicht sollten wir dir ja einen Blindenhund holen!"

Nun reichte es Buffy. Sie ging auf Xander zu und streckte die Hand aus: „Zeit für den Aushilfswerfer."

Er blickte sie voller Wut und Verzweiflung an, aber dann machte sich Erleichterung auf seinen Zügen breit. Sie konnte förmlich seine Gedanken lesen: *Buffy hat die perfekte Koordination der Bewegungen und könnte das Ziel mit jeder Waffe treffen. Laß Buffy den Ball werfen.*

„Ich gebe ihr den letzten Ball", sagte Xander zu Rose. Es klang entschuldigend, als leiste er von vornherein Abbitte, daß ihr Clown nun in den sauren Apfel beißen mußte.

„Hoho, er ist der *Ober*schlappschwanz!" dröhnte der Clown. „Na mach schon, gib deiner *Freundin* den letzten Ball. Ich werd's der jungen Dame noch ein bißchen leichter machen. Rose, gib ihr noch einen Ball aufs Haus!"

„Nein, danke", sagte Buffy und wog den schwammigen Ball in der Hand. „Ich brauch nur einen."

„Bist dir deiner Sache wohl sehr sicher, was?" höhnte Rose.

Es war die reinste Angeberei, dachte Buffy, und sie sollte es eigentlich lieber nicht tun. Sie konnte sich deutlich den erschrockenen Gesichtsausdruck von Giles vorstellen, wenn der wüßte, was sie jetzt vorhatte. *Aber eine Jägerin muß das tun, was sie zu tun hat.* Wenigstens würde sie viele Leute unter den Zuschauern sehr, sehr glücklich machen.

Der Clown gab schon wieder einen ätzenden Spruch zum besten, aber sie blendete ihn aus, um sich auf den Wurf zu konzentrieren. Anders als Xander *stellte sie sich vor,* wie der Ball ihre Hand in einer perfekten Flugbahn verließ. Sie sah, wie er die Zielscheibe in der Mitte traf und den Hebel löste, der die Holzplanke hielt. Sie sah die Planke herabfallen. Wie der unausstehliche Clown ins Wasser fiel, brauchte sie sich nicht vorzustellen, weil sie es in Wirklichkeit sehen würde.

Mit Grazie warf Buffy den Softball in einer Geraden, die fast keinen Bogen beschrieb. Mit beruhigendem ‚Plopp' traf er die Zielscheibe, und die Planke kippte sofort. Buffy amüsierte sich über den erschrockenen Gesichtsausdruck des Clowns, als er mit einem lauten ‚Platsch' im Wasser verschwand. Die Zuschauer klatschten wie verrückt und jubelten Buffy zu, und der Clown winkte aus dem Bassin, als nähme er den Beifall dankend entgegen.

„Toller Wurf!" kommentierte Rose und sah Buffy argwöhnisch an.

„Anfängerglück", erwiderte die Jägerin albern kichernd. Sie packte Xander am Arm und versuchte, ihn von der Schaustellerin wegzuziehen, aber Xander war immer noch von Rose verzaubert.

„Hey", sagte er verlegen, „krieg ich keinen Kuß? Es war *mein* Ball, auch wenn sie ihn geworfen hat."

Rose beugte sich theatralisch vor und flüsterte: „Komm in einer halben Stunde wieder, dann mach ich Pause."

Xander starrte sie mit offenem Mund an, dann blickte er sich um, als dächte er, sie hätte zu jemand anderem gesprochen. Buffy verdrehte die Augen. Wie hilflos er diesem Vamp gegenüber war! Dies war ein richtiger *Vamp* im altmodischen Sinn – irgend etwas Untotes fiel ihr an dem Mädchen nicht auf. Im Gegenteil, es schien außerordentlich lebendig zu sein. Buffy fand nicht, daß Rose zu Xander paßte, obwohl sie bezweifelte, daß er darin mit ihr einer Meinung war.

Sie ignorierte seinen hündisch ergebenen Blick und zerrte ihn mit aller Kraft von der exotisch aussehenden Schaustellerin weg. Willow versperrte ihm den Rückweg.

„Spar-dein-Geld!" wiederholte sie beharrlich.

„Schrille Abfahrten! Kreischende Mädels! Peitschenhiebe!" lockte ihn Buffy. „Jede Abfahrt garantiert mit Verlust des Magens!"

„Schleppt mich, wohin ihr wollt", sagte Xander selig. Er blickte auf seine Uhr. „Ihr habt genau dreißig Minuten."

Willow warf Buffy einen besorgten Blick zu. Die zuckte hilflos die Achseln. Bei der Stimmung, die heute abend in der Luft lag, hatten sie Glück, wenn es nur Xander erwischte. Und Buffy mußte zugeben, daß Rose wirklich attraktiv war – wilde Cheerleader konnten Xander vermutlich nicht von seinem Date abbringen.

Sie fuhren Achterbahn, und die Mädchen kreischten bei jeder Auf- und Abfahrt über die knirschenden Schienen. Xander blickte unterdessen in aller Ruhe auf seine Uhr. Sie fuhren Riesenrad, und Xander machte sich Sorgen, daß sie zu lange oben festsaßen. Er konnte noch nicht einmal den phantastischen Blick auf die Kirmes genießen, die wie eine Insel des Lichts in der weiten Öde von Sunnydale lag.

Als sie aus der Gondel stiegen, fiel Buffy ein alter Schausteller auf, dessen Hände und Gesicht ölverschmiert waren. Er stand neben der ächzenden Antriebsmaschinerie des Riesenrades und schlug gleichmäßig mit einem Schraubenschlüssel in seine Handfläche, während er ihnen nachsah. Buffy hatte plötzlich ein erschreckendes Dèjá vu: Es war, als hätte sie ihn schon einmal gesehen – und da hatte er sie genauso angestarrt!

Wenigstens wurde nun ihre Theorie hinfällig, daß alle

Schausteller dieser Kirmes junge und prächtige Burschen waren. *Dieser* Mann glich den Kirmesleuten aus ihrer Kindheit – er war knorrig und unheimlich.

Sie hatten immer noch jede Menge Fahrchips übrig, aber Xander trabte unbeirrt zu den Schaubuden zurück.

„Kostenloser Probeschuß!" rief ein Anreißer.

„Jeder gewinnt!" schrie ein anderer.

Xander stolperte dahin. Er war wie geblendet von den Lichtern, dem Lärm, den Spielen und den Mädchen. Buffy versuchte, nicht wütend zu werden.

„Hey, Xander, jetzt reiß dich mal zusammen! Brauchst dich nicht so zu beeilen. Sie sagte, 'ne halbe Stunde, nicht zehn Minuten."

„Ja, du solltest sie lieber warten lassen", schlug Willow vor, doch es klang nicht sehr überzeugend. „Und vielleicht hat sie ja nur 'ne Viertelstunde Pause."

„Fünfzehn Minuten mit Rose", sagte Xander verträumt. „Die nehm ich."

„Ich frag mich, wie vielen Kerlen sie das wohl versprochen hat", meinte Buffy.

„Keiner von euch wird mir den Abend verderben", schwor Xander. Wieder blickte er auf die Uhr, hielt sie dann ans Ohr, um zu prüfen, ob sie auch ging – was sehr dumm von ihm war, denn er trug eine Digitaluhr.

„Hey, meine Schöne! Ach brich mir doch das Herz!" rief eine Männerstimme.

Buffy wirbelte herum und erblickte einen braungebrannten blonden Hünen mit aufgerollten Hemdsärmeln, unter denen starke Muskeln zum Vorschein kamen. Es war der attraktivste Mann, den sie bisher unter den Kirmesleuten gesehen hatte. Er stand in einer Pfeilwurfbude, umgeben von Postern mit Motorrädern, Schießeisen, Filmschauspielern und Bikinischönheiten.

Der blonde Hüne deutete auf einen pinkfarbenen herzförmigen Ballon, der hinter ihm an einer Korkpinnwand befestigt war. „Sieh mal, wie groß mein Herz ist. Ich wette, du könntest es brechen, bevor du richtig angefangen hast."

„Als wüßte ich nicht, daß es schon passiert ist", stimmte Buffy zu. Der herzförmige Ballon war von kleineren Ballons und sehr viel freier weißer Fläche umgeben. Der Mann schien die Poster als Gewinne zu vergeben, aber sie brauchte wirklich nicht noch mehr Poster im Zimmer. Dennoch trugen ihre Füße sie zu der Bude, und Willow schloß sich sogleich an.

„Zwei tolle Ladys – heut abend hab ich aber Glück." Der Schausteller lächelte, wobei zwei versteckte Grübchen in seinen blonden Bartstoppeln zum Vorschein kamen. Das vergnügte Zwinkern seiner blauen Augen besagte, daß er wußte, wie er sein Publikum abzog, aber das steigerte den Spaß ja nur noch mehr. Er hielt Buffy drei Dart-Pfeile hin. „Laß mein Herz platzen, und alles, was ich hab, soll dir gehören."

Buffy bemerkte ein Tattoo auf seinem muskulösen Unterarm, doch es war so verblichen, daß sie nicht erkennen konnte, was es darstellte. Sie fragte sich, ob dieser Mann älter war, als er aussah.

„Laß es mich versuchen!" Willow drängte sich vor. Sie machte dem jungen Schausteller ihre schönsten Femme-fatale-Augen, doch die Wirkung war kaum fatal zu nennen. Dennoch machte der Mann fröhlich mit und flirtete schamlos mit Willow.

„Immer mit der Ruhe, junge Dame, wir haben die ganze Nacht Zeit. Ich heiß Lonnie."

„Erfreut, dich kennenzulernen", sagte Willow fröhlich. „Ich bin Willow und das ist Buffy." Als sie über die Schulter nach Xander blickte, begriff Buffy endlich, was hier vor sich ging: Willow versuchte, Xanders Aufmerksamkeit zu gewinnen, indem sie mit diesem Kerl flirtete. Aber natürlich war Xander zu sehr damit beschäftigt, auf seine Armbanduhr zu glotzen, als daß er mitbekommen hätte, was die beiden taten.

„Wie geht das Spiel?“ fragte Willow.

Widerwillig riß Lonnie seine Augen von Buffy los und wandte sich der zahlenden Kundin zu. „Du gibst mir zwei Dollar, und ich geb dir drei echt spitze Darts. Du hast drei Möglichkeiten zu gewinnen. Brich mir das Herz oder triff irgendeinen dieser Ballons, und du kannst unter allen Preisen wählen.“

Willow kicherte, und Lonnie wies mit großer Geste auf die Poster, von denen die meisten einen Dollar wert sein mochten. „Keine von denen ist so hübsch wie du“, sagte er zu Willow, die zwar die Augen verdrehte, aber gegen ihren Willen kichern mußte.

Kein schlechtes Geschäft, dachte Buffy. *Zwei Dollar ausgeben, um etwas zu gewinnen, das nur halb so viel wert ist*. Die meisten Leute gewannen natürlich nicht, aber selbst wenn man verlor, blieb einem immer noch der Gewinn von Lonnies charmanter Gesellschaft.

Willow holte tief Luft, als wollte sie einen Marathon laufen, zielte mit dem ersten Dart und warf. Er traf die Wand, aber nur knapp – ganz unten, weit von den Ballons entfernt. Willow lächelte verlegen und versuchte es von neuem. Diesmal traf ihr kraftlos geworfenes Geschoß einen der Ballons und prallte von ihm ab, ohne ihn zum Platzen zu bringen.

„Hey!“ protestierte sie. „Sind das etwa keine echten Ballons?“

Wieder mußte Lonnie sich von Buffys Anblick losreißen. „Das sind ganz normale Ballons. Hör zu, wenn du den letzten Wurf versiebt hast, kriegst du noch einen Extradart – aufs Haus.“

„Das ist sehr anständig von dir“, erwiderte Willow. Es klang erfreut. Sie warf den dritten Dart, und er traf genau – mitten zwischen zwei Ballons.

Mit einem bezaubernden Lächeln reichte ihr Lonnie noch einen Dart. „Sagt meinem Boß bloß nichts davon."

Willow blickte betroffen drein. „Wirst du Ärger kriegen?"

Lonnie lachte. Es klang zufrieden – und verdorben. „Ich bin mit Ärger auf die Welt gekommen. Nun mach schon und wirf."

Willow zielte sehr sorgfältig und warf ihren letzten Dart – er segelte über die Wand und blieb in der Plane in der Rückwand der Bude stecken.

Sofort wandte Lonnie sich Buffy zu. „Jetzt bist du dran, mein Herz zu brechen."

„Nein, danke!" sagte Buffy, die sehr genau wußte, daß sie ihm seine ganzen billigen Poster abnehmen konnte. „Hab meinen Bedarf an Postern schon gedeckt. Vielleicht ein andermal."

„Wo wir gerade von später reden", sagte Lonnie und beugte sich vertraulich vor, „willst du dich nicht mit mir treffen, wenn ich in 'ner halben Stunde Pause mache?"

„Jetzt mach *du* mal Pause!" stöhnte Buffy. „Habt ihr alle bei derselben Flirtschule gelernt?"

„Häh?" brachte Lonnie verständnislos hervor.

Willow stieß ein nervöses Lachen aus. „Hör nicht auf sie, Lonnie. Was hast du da über eine Pause gesagt?"

Aber Lonnie war noch nicht fertig mit Buffy. „Willst du mir etwa 'nen Korb geben?" fragte er ungläubig.

„Schätze, das passiert dir nicht so rasend oft", erwiderte Buffy, die allmählich stinksauer wurde. „Wahrscheinlich ungefähr so oft, wie jemand hier gewinnt."

„Hey, dann bist *du* diejenige, die verloren hat", gab Lonnie zurück. Seine blauen Augen blickten nun nicht mehr so freundlich.

Buffy wollte ihre Freundin schon mit Gewalt von der Bude wegzerren, aber da holte Lonnie flink drei neue Darts hervor. „Nicht so hastig. Ich mag dich, Willow. Du sollst noch eine Chance haben. Ein Freispiel!"

Willow riß vor Aufregung die Augen weit auf und befreite ihren Arm aus Buffys Griff. Sie ließ den gutaussehenden Schausteller nicht aus den Augen. „Buffy, du solltest nett zu Lonnie sein. Er läßt mich umsonst spielen!"

„Ja!" brummte Buffy. „Warum bleibst du nicht gleich da, bis er Pause hat? Wie ich hörte, soll das so in 'ner halben Stunde sein."

Sie spähte nach Xander aus, sah aber nur noch die Rückseite seines T-Shirts, das langsam in der Menge verschwand. Er strebte Richtung Wasserbassin, und Buffy glaubte nicht, daß sie ihn noch erwischen konnte. Wahrscheinlich konnte ihn jetzt nicht einmal mehr ein Vampir stoppen.

Willow lächelte scheu, als sie die Darts von Lonnie entgegennahm. Der hübsche junge Mann warf Buffy einen Blick zu, dann legte er den Arm um Willows schmale Schultern. „Ich zeig dir jetzt mal eine Technik, die nie versagt."

Buffy stöhnte und wandte sich zum Gehen. Ihre Freunde nervten. Nach ein paar wütenden Schritten wurde ihr klar, daß sie von sich selbst genervt war. Warum sollten sich Willow und Xander nicht einen kleinen Spaß gönnen? Was ging es die beiden an, wenn Buffy sich nichts gönnte? Es war ja nicht ihre Schuld, daß Buffy eine Jägerin war und keinen Freund haben konnte. Es war nicht ihre Schuld, daß Buffy in so einer romantischen Nacht allein sein mußte. Auch wenn noch so viele Menschen um sie herum waren, fühlte Buffy sich stets allein.

In jeder Generation gibt es eine Jägerin. Nicht viele, nur *eine.* Sie war eine Abnormität – selbst die Leute, die auf dieser zwielichtigen Kirmes arbeiteten, waren mit ihr verglichen total normal.

Buffy trat aus der neonerleuchteten Gasse heraus und fand sich plötzlich am Rande des Festplatzes wieder. Auch hier hörte man noch die schallende Musik und roch fettige Fritten, aber man wurde nicht mehr von den Eindrücken erschlagen. Hier, hinter dem Festplatz, standen ramponierte Wohnwagen und schäbige Zelte. Summende Generatoren und ein Wirrwarr von Kabeln am Boden hielten die unechte Stadt am Leben.

Nun, da sie den sinnverwirrenden Eindrücken entronnen war, konnte Buffy wieder klar denken. Etwas *war* faul an diesen Schaustellern, die so jung und verführerisch waren. Wider Willen mußte sie vor sich selbst zugeben, daß es reichlich seltsam war, daß solche attraktiven Typen auf jemand wie Xander oder Willow abfuhren. Vielleicht litt sie auch einfach nur unter Verfolgungswahn, aber immerhin lag diese unechte Stadt genau über dem Höllenmund. Und fiese Typen wurden davon angezogen wie die Fliegen.

Weil sie gerade etwas Zeit übrig hatte, beschloß Buffy, sich einmal genauer umzusehen. Die Wohnwagen und Zelte lagen zwar im Dunkeln, aber sie brauchte nicht viel Licht, um etwas zu erkennen.

Sie suchte nach nichts Bestimmtem, wollte sich bloß umsehen. Seit Buffy ein kleines Mädchen gewesen war, hatte sie den Leuten in die Medizinschränkchen geschaut, wenn sie zu Besuch war und aufs Klo mußte. Sie war von Natur aus neugierig, und vielleicht war das ihre wichtigste Eigenschaft: Eine Jägerin war entweder neugierig oder sehr, sehr tot.

Ein durchdringender Geruch nach fauligem Obst und Fleisch stieg ihr in die Nase. Rasch drehte sie den Kopf und sah eine Reihe Mülltonnen hinter der Geisterbahn stehen. Den Müll anderer Leute zu durchsuchen gehörte zwar nicht zu Buffys Lieblingsbeschäftigungen, war aber die zweitbeste Möglichkeit, wenn gerade kein Medizinschränkchen in Sicht war. Sie atmete durch den Mund und ging vorsichtig auf die Mülltonnen zu.

Die waren überfüllt, und auch auf dem Boden rundum

lag jede Menge Abfall. Da die Kirmes erst heute abend eröffnet hatte, mußte das meiste von den Kirmesleuten selbst stammen, schloß Buffy. Mit der Spitze ihres Schuhs fegte sie Essensbehälter beiseite, Eierschalen, fettige Papierservietten, verdorbenes Obst und sonstigen Zivilisationsmüll.

Der Müll der Schausteller war ekelhaft, aber nicht besonders aufregend, und sie wollte ihren Forschergeist schon einer lohnenderen Aufgabe zuwenden, als ihr ein glänzender Gegenstand ins Auge fiel. Buffy kickte einen schmutzigen Lumpen beiseite und beugte sich herunter. Da lag eine Art Gürtel aus rotem Leder mit glänzenden Silbernieten und einer silbernen Schnalle. Sie drehte das Ding herum und sah, daß Anhänger aus Metall daran hingen.

Das ist ja ein Hundehalsband.

Mit einem bangen Gefühl der Vorahnung, das sich in ihrem Magen ausbreitete wie ein Bausch Zuckerwatte, hob Buffy das Hundehalsband auf und las, was auf den Anhängern stand. Der eine war die Hundemarke. Auf dem anderen stand ein Name. *Tiger.*

Buffy leckte sich die trockenen Lippen. Sie entsann sich, wie ein paar Nächte zuvor ein Rudel Kojoten auf ihrer Straße einen Hund namens Tiger erbeutet hatte. Wie kam das Halsband des armen Tieres hierher?

Da knackte ein Zweig – Buffy sprang auf die Füße und wirbelte herum. Der alte grauhaarige Schausteller vom Riesenrad stand ein paar Meter entfernt und starrte sie aus blaßgelben Augen an. Wieder war sie sicher, diese Augen schon einmal irgendwo gesehen zu haben. Noch schlimmer war, daß er sich so nah an sie heranschleichen konnte, ohne daß sie es merkte. Das war ihr noch nie passiert. Es gefiel ihr auch nicht, wie er immer mit dem schweren Schraubenschlüssel in seine schmutzige Hand schlug.

„Was hast du da zu suchen?" fragte er barsch.

Buffy hielt Tigers Halsband hinter dem Rücken versteckt und stopfte es in ihren Gürtel. Sie kannte diese Augen. Aber woher? Und dann schnappte sie nach Luft, als ihr plötzlich einfiel, wo sie die Augen des Mannes schon gesehen hatte.

Aber das ist doch unmöglich!

„Wer bist du?" fauchte er. Seine fahlen Augen blitzten wütend auf. Er kam näher, den Schraubenschlüssel in der erhobenen Hand.

3

Buffy wich vor dem unheimlichen Mann zurück, aber sie nahm noch nicht ihre Kampfhaltung ein. Sie wollte hilflos wirken, falls dies möglich war. Unauffällig überprüfte sie die Möglichkeiten zur Flucht und entdeckte, daß in der Nähe Autos geparkt waren.

„Hören Sie", begann sie. „Ich wollte keine Schwierigkeiten machen. Ehrlich gesagt hab ich . . . mir geht's 'n bißchen schlecht nach den ganzen Abfahrten und da hab ich nach 'nem stillen Plätzchen zum Kotzen gesucht. Ist das in Ordnung? Darf ich gleich hier kotzen?"

Der alte Schausteller blieb betroffen stehen. Selbst der schlimmste Dreckskerl will ja nicht von oben bis unten vollgekübelt werden. Buffy starrte den Mann an, sie war beinahe überzeugt, sich mit ihrem Verdacht geirrt zu haben. Konnte er wirklich der alte Kojote sein, den sie vor ein paar Nächten auf der Straße gesehen hatte? Er blickte sie genauso an, wie jener Kojote es getan hatte, und seine Augen waren denen der Bestie auf unheimliche Weise ähnlich.

Aber das hieß ja, daß er ein *Wer-Kojote* war, wenn es so etwas überhaupt gab. Tja, dachte Buffy, aber *wenn* es so was gab, mußten die Viecher ja früher oder später in Sunnydale landen.

Der Mann machte einen Schritt vorwärts. Buffy begann zu würgen und krümmte sich. „Passen Sie auf!" warnte sie ihn.

Der alte Schausteller wich zurück. „Du solltest dich nicht hier rumdrücken. Versuchs mal mit den Mobilklos am Ende der Mittelgasse."

„Mobilklos", wiederholte Buffy dankbar. „Was für 'ne Superidee." Sie torkelte wieder auf die knalligen Lichter und die fürchterliche Musik zu. „Vielen Dank auch, Mister . . . äh -"

„Hopscotch. Mein Name ist Hopscotch."

„Ich werd dran denken", sagte sie wahrheitsgemäß. Wenn sie in bezug auf Hopscotch richtig lag – daß er sich in einen Kojoten verwandeln konnte –, dann gehörten vielleicht auch andere der Schausteller zu dem Rudel. Und wenn man es recht bedachte, waren Schausteller sowieso eine Art Rudel, das gemeinsam Fahrgeschäfte, Spiele und Imbißstände besorgte. Sie mußte unbedingt Xander und Willow finden, bevor die beiden sich zu sehr mit Rose und Lonnie einließen!

Buffy rannte zuerst zu Clown und Wasserbassin, aber dort saß nun eine hübsche Rothaarige, die Eintrittsgelder einsammelte und Softbälle austeilte. Rose war verschwunden, und auch Xander war nirgends zu erblicken – also trieben sie sich nun wahrscheinlich zu zweit herum. Buffy wollte auf keinen Fall noch mehr Aufmerksamkeit erwekken, indem sie Fragen stellte – sie holte tief Luft und flitzte zu Lonnies Bude.

Der blonde Hüne war auch nicht da, und von Willow fehlte ebenfalls jede Spur. Besorgt und auch ein bißchen eifersüchtig trabte Buffy die Mittelgasse hinunter und hielt nach ihren Freunden Ausschau. Sie waren ja so dämlich gewesen – hatten nicht mal einen Treffpunkt ausgemacht, falls sie sich verlieren sollten. Und wie sie sich jetzt verloren hatten!

Nachdem sie einige Minuten lang unter rotierenden Lichtern, inmitten stampfender Musik und kichernder Teenies, herumgesucht hatte, beruhigte Buffy sich wieder. Nun erschien ihr die Kirmes wieder wie ein harmloser Spaß in einer heißen Sommernacht. Wie hatte sie bloß glauben können, daß alle diese netten Schausteller Wer-Kojoten waren? Das war lächerlicher Aberglaube, selbst für jemanden wie Buffy.

Im Augenblick war es besser, wenn sie über ihren Verdacht Stillschweigen bewahrte. Es war mehr als wahrscheinlich, daß Xander und Willow von ihren jeweiligen Verabredungen versetzt wurden, und das Leben würde schnell in seine normalen Bahnen zurückkehren.

Da sah Buffy Cordelia und ein paar andere Bekannte aus der Schule. Selbst die hatten scheinbar keine Typen mit, und das zu sehen tat Buffy gut. Sie schloß sich ihnen an. Cordelia war so überheblich wie immer, aber es war gut, nicht allein zu sein. Buffy hielt weiter Ausschau nach Xander und Willow.

Endlich entdeckte sie die beiden, die fröhlich zusammen daherkamen und sich benahmen, als seien *sie* miteinander verabredet. *Wenn Xander doch endlich mal aufwachen würde,* dachte Buffy. Er konnte gar kein besseres Mädchen finden als Willow, die ihn anbetete. Buffy stellte sich vor, daß beide von Rose und Lonnie versetzt worden waren und in dieser lauschigen Nacht nun endlich einander entdeckt hatten.

Sie löste sich von Cordelias Gruppe und fing die beiden ab. „Hey, Leute, was ging denn ab?"

Xander grinste, als sei er der Kojote, der den Hund gefressen hatte. „Was Tolles ging ab."

„Mit euch beiden?" fragte Buffy hoffnungsvoll.

„Ja", erwiderte Xander mit einem abgeklärten Lächeln. „Mit mir und Rose. Ich hab meinen *Kuß* gekriegt."

„Mit Lonnie war's auch Klasse", betonte Willow. „Aber er mußte wieder an die Arbeit."

„Wie schrecklich!" meinte Buffy sarkastisch.

„Aber wir haben für morgen 'n Doppeldate ausgemacht", fuhr Willow fort.

„Ihr macht was!" fuhr Buffy auf. „Alle *vier*!"

„Bloß zum Lunch", erklärte Willow. „Bevor die Kirmes anfängt. Sie wollen uns mal hinter die Kulissen führen."

„Vielleicht könntest du ja mitkommen – so als fünftes

Rad am Wagen." Xander warf Willow einen Blick zu. „Das stört uns doch nicht, oder?"

„Überhaupt nicht!" antwortete sie fröhlich.

„Danke, aber ich muß mir noch die Fußnägel schneiden", murmelte Buffy. „Willow, kann ich dich mal einen Augenblick allein sprechen?"

„Klar." Willow lächelte Xander unschuldig an, dann ließ sie sich von Buffy hinter einen Limonadenstand ziehen.

„Ich weiß, daß Typen wie Xander nicht mehr klar denken können, wenn's um Frauen geht", flüsterte die Jägerin ihrer Freundin zu, „aber was kannst *du* zu deiner Rechtfertigung vorbringen?"

„Lonnie hat sich wie ein perfekter Gentleman benommen", erklärte Willow überrascht und ein wenig enttäuscht. „Wenn ich mit ihm und Xander und Rose ausgehe, kann ich Xander im Auge behalten."

„Okay, das ergibt einen Sinn", sagte Buffy erleichtert. „Aber diese Schausteller sind keine Engel. Ich möchte, daß du dich vorsiehst."

Willow zog die Stirn kraus und legte die Hände auf ihre schmalen Hüften. „Ist doch bloß 'ne harmlose Verabredung, Buffy. Sag *ich* dir, du sollst dich vorsehen, wenn du mal 'n Date hast?"

„Das kannst du jederzeit", erwiderte Buffy, „*wenn* ich mal 'n Date habe."

„Aber wenn du dich mit Angel rumtreibst, ist das doch viel gefährlicher als mit diesen Leuten hier."

„Darüber kann man geteilter Meinung sein." Buffy holte ein paarmal tief Luft, um sich zu beruhigen. Sie wußte, ihr Verdacht würde sich in den Ohren ihrer Freunde verrückt anhören, auch wenn sie schon viele verrückte Dinge gesehen hatten, seit sie mit Buffy befreundet waren. Sie brauchte bessere Beweise als ein Hundehalsband aus der Mülltonne.

Xander streckte seinen Kopf um die Ecke. Er grinste unverschämt. „Redet ihr etwa über *mich*? Bin heute abend sehr beliebt bei den Damen!"

Buffy verdrehte die Augen und biß sich auf die Zunge. „Xander, ich möchte doch nur, daß ihr vor diesen Leuten auf der Hut seid, das ist alles."

„Oh, diese gräßliche Eifersucht – das ist nicht nett, nicht einmal von dir, Buffy", sagte er selbstgefällig.

„Nein, ich gebrauche bloß meine kleinen grauen Zellen." Buffy seufzte, sie wußte, es war sinnlos, mit Xander über Frauen diskutieren zu wollen. „Hört mal, eure neuen Freunde sind doch wieder an die Arbeit gegangen, dann können wir uns ja wieder unserer ursprünglichen Absicht widmen – wir wollten Spaß haben. Seid ihr bereit für 'n paar tolle Abfahrten und Fressalien ohne jeden Nährwert? Ich hab echt Kohldampf!"

Xander blickte verlegen zu Boden. „Ich, äh . . . ich hab mein ganzes Geld für Spiele verjubelt."

„Ich auch", gab Willow zu.

Buffy hatte Mühe, ihnen nicht ins Gesicht zu lachen. „Okay, ich lad euch ein. Aber wenn noch mehr von diesen Kirmesleuten euch schöne Augen machen, könnt ihr sehen, wie ihr alleine klarkommt."

„Mir reicht Rose", sagte Xander selig.

„Das ist so rührend, daß mir gleich die Tränen kommen", murmelte Buffy. „Kommt mit, ich kann die Hot dogs schon riechen."

Sie gingen zur Vorderseite des Limonadenstandes und studierten gerade die Speisekarte, als Buffy einen Blick im Nacken fühlte. Sie drehte sich um und sah den alten Hopscotch, der auf der anderen Seite der Mittelgasse stand und zu ihr herüberstarrte. Es kam ihr vor, als werde er die ganze Nacht dort stehen und sie beobachten – und jedes Mal wieder, wenn sie sich auf der Kirmes blicken ließ.

Tja, dachte Buffy, und das nächste Mal, wenn er sich

mit seinen Freunden auf die Straßen von Sunnydale wagt, werde ich *ihn* beobachten.

Als Buffy viel später an diesem Freitagabend die Kojoten heulen hörte, war sie bereit. Sie hatte sich vollständig angezogen ins Bett gelegt, trug ein Fernglas am Hals und ihre schnellsten Laufschuhe. Sie kletterte aus dem Fenster, während das Geheul des Rudels mit dem Wind herübergetragen wurde.

Ich wußte *ja, daß sie heute nacht jagen würden*, dachte sie befriedigt.

Unten im Hof verbarg sich Buffy hinter einem Baum. Der Nachthimmel hing voller Wolken, aber ein erleuchteter, schwach glühender Ring verriet den versteckten Mond. Im Schein des Mondes hatte Buffy keine Mühe, das räudige Kojotenrudel auszumachen, das die Straße heruntersprang und überall herumschnüffelte. Die Tiere schienen aber keine Beute gewittert zu haben – noch nicht.

Sie benahmen sich, als seien sie die Herren der Straße, und doch war ihr letzter Besuch nicht unbemerkt geblieben – Buffy hörte unterdrücktes Bellen und Grollen, aber es klang, als wären alle Hunde der Vorstadt sicher hinter verschlossenen Türen eingesperrt.

Als die Kojoten die Stelle passierten, wo Buffy stand, hob sie das Fernglas und beobachtete sie aus einiger Entfernung – sie wollte nicht näher an die Biester heran als unbedingt nötig. Die Straße lag verlassen da – da waren nur sie, die Kojoten und dünne Nebelschwaden.

Buffy hoffte nur, der Nebel würde nicht dichter. In tieferliegenden Straßenmulden konnte sie die Kojoten schon nicht mehr erkennen. Da nützte auch das Fernglas nichts mehr.

Sie rührte sich nicht aus ihrem Versteck, bis die letzten Kojoten vorbei waren. Dann sprang sie auf und raste hinterher, jeden Baum und jedes Haus zur Deckung nutzend.

Zum Glück lebte sie in einer der älteren Suburbs, in der es jede Menge dicke Eichen und Sykomoren gab. Verstecken war kein Problem. Sie war sich jedoch bewußt, daß der Wind ihren Geruch zu den Tieren tragen und sie verraten konnte, doch dagegen vermochte sie nichts zu tun. Glücklicherweise rannten die Biester aber gegen den Wind, und solange Buffy ihnen folgte, konnte ihr wohl nichts passieren.

Ein paar Blocks lang konnte sie die Kojoten mit dem Fernglas im Auge behalten, bis plötzlich eines der Tiere ein aufgeregtes Heulen ausstieß und in rasendem Sprint davonschoß. Die anderen folgten wie Rennhunde und kläfften wie verrückt. *Sie müssen Beute gewittert haben!* Buffy senkte den Kopf und stürmte los, um das Rudel wieder einzuholen.

Als sie vorsichtig um eine Hausecke linste, sah die Jägerin das Rudel am Ende des Häuserblocks unter einem Baum. Ein paar Kojoten rannten aufgeregt im Kreis herum, während andere wie verrückt auf und ab sprangen. Die meisten aber saßen etwas verloren da und blickten zur Baumkrone auf.

Hinter den Kojoten lag ein düsterer Ort, wo Nebelschwaden wie Geisterfinger zwischen Marmorgrabsteinen dahinzogen. Ein kalter Wind blies vom alten Friedhof her und ließ Buffy frösteln. Seit sie nach Sunnydale gezogen war, hatte sie hier in den zerfallenden Mausoleen oft genug mit Vampiren zu tun gehabt. Im Grunde war es so 'ne Art Altersheim für Vampire.

Im Schatten verborgen hob Buffy wieder das Fernglas an die Augen. Sie versuchte, ihre Erinnerungen an den Friedhof zu unterdrücken und sich auf ihre gegenwärtige Mission zu konzentrieren. *Was war denn auf dem Baum, das die Kojoten so interessant fanden?*

Sie folgte den Bewegungen ihrer Augen und ihrer Sprünge und erspähte schließlich etwas Großes, Gelbbraunes, das auf die obersten Zweige zu klettern versuchte. Einer der dünnen Zweige brach, und das arme Ding plumpste den geifernden Lefzen entgegen. Die Kojoten gerieten völlig außer sich und bellten wie wild, aber ihre Beute schaffte es in letzter Sekunde, noch einen Ast zu erwischen und sich wieder in Sicherheit zu bringen. Sie stieß ein mitleiderregendes „Miau!“ aus.

Es war eine Katze! Der Hunde-Snack hatte den Biestern nicht gereicht, jetzt gingen sie auch noch auf Katzen los!

Buffy wußte, sie durfte nicht untätig daneben stehen und zulassen, daß die Kojoten ein Kätzchen verschmausten, nachdem sie erst einmal eine Weile mit ihm Fußball gespielt hatten. Sie mußte etwas tun, aber dann verlor sie ihren Vorteil und konnte die Biester nicht mehr ungesehen beobachten. Im Augenblick verhielten sie sich wenigstens genauso garstig wie echte Kojoten – als gäbe es nichts Aufregenderes, als eine Katze auf den Baum zu jagen. Wenn Buffy logisch dachte, dann mußte sie ihre verrückte Theorie vergessen und nach Hause ins Bett gehen. Auch Kojoten mußten mal was zwischen die Kiefer kriegen.

Zum Glück hatte sich Buffy nie zu sehr auf Logik verlassen. Das Kätzchen mußte gerettet werden, aber wie? Sie war nicht sicher, ob sie mit dem ganzen Rudel zugleich kämpfen konnte – drei oder vier brachte sie sicher zur Strecke, aber fünfzehn bis zwanzig? Doch wenn sie zu lange wartete, um einen Plan auszuhecken, würde das Kätzchen zu Hackfleisch verarbeitet.

Plötzlich erhellte sich die Szene, als hätte irgend jemand eine riesige Straßenlaterne angezündet. Buffy blickte zum Himmel, an dem sich die Wolken teilten und ein fast voller Mond wie ein Leuchtfeuer strahlte. Die Kojoten hörten auf zu kläffen und blickten zum Mond auf – die Katze war vergessen. Die Tiere saßen stocksteif da, als sei der Mond eine Art Satellitenscheibe, von der sie Signale erhielten.

Buffy schmiegte sich eng an die Hauswand und hoffte nur, sie würden sie mit ihren scharfen Augen nicht entdecken. Doch sie hätte sich gar nicht zu sorgen brauchen, denn das Rudel machte vereint kehrt und rannte genau in die entgegengesetzte Richtung – zum Friedhof. Die Kojoten sprangen hoch über den schmiedeeisernen Zaun und verschwanden zwischen Grabsteinen und Nebelschwaden.

Es schien sinnlos, sich noch weiter zu verstecken – wenn das Rudel nicht anhielt, konnte sie es nicht mehr einholen. Buffy trabte geradewegs zu dem Baum, auf den die verängstigte Katze geflüchtet war. Sie blickte hoch und sah das Tier an einen Zweig geklammert – es sah fast aus wie ein altertümlicher Wasserspeier.

„Jetzt hast du nur noch acht Leben“, flüsterte Buffy. „Marsch nach Haus!“

Die Katze sprang vom Baum herab, flitzte über die Straße und verschwand unter einem Haus. Buffy nickte erleichtert und rannte weiter Richtung Friedhof. Mit Leichtigkeit übersprang sie die gefährlichen Spitzen des Zauns und landete auf der weichen Erde eines großen Grabes. Sofort rollte sie sich auf den Rasen, sprang auf und klopfte sich die Erde ab.

Der Friedhof war alt und hoffnungslos überfüllt, außer in den Mausoleen und anderen Grabstätten der Reichen, die zur Mitte hin lagen. Trotz des Mondlichts war es dunkel auf dem Friedhof: Er lag in einer Senke, in der sich jetzt die Nebelschwaden sammelten, und es gab keine Straßenlaternen oder Häuser in der Nähe, die zusätzliches Licht spenden konnten.

Buffy setzte das Fernglas wieder an die Augen. Sie erwartete nicht, die Kojoten zu sehen, falls sie nicht wie durch ein Wunder angehalten hatten. Wenn sie den Friedhof nur als Abkürzung benutzt hatten, dürfte sie sie schon verloren haben.

Geduldig suchte sie die Umgebung mit den knorrigen Bäumen und unheimlichen Grabsteinen nach Anzeichen von Leben ab. Auch horchte sie auf die Laute der Kojoten, aber sie hörte nichts als den Wind, der unheilvoll in den Bäumen raschelte. Irgendwo klapperte ein Tor, das vom Wind auf und zugeschlagen wurde, und skandierte den Takt zu der unheimlichen Geräuschkulisse.

Ich hätte 'ne Waffe mitbringen sollen. Einen kleinen Holzpflock oder auch zwei . . . nur für den Fall. Buffy bezwang ihre Furcht und blickte unverwandt durch das Fernglas. Endlich entdeckte sie eine vierbeinige Gestalt, die durch die Nebelschwaden rannte und auf ein Mausoleum sprang. Der Nebel nahm Buffy die Sicht, doch nun wußte sie endlich, in welche Richtung sie gehen mußte. Die Ratte war natürlich in Richtung der prächtigen Mausoleen und Grabsteine gerannt.

In Pirschhaltung kroch Buffy von Grabstein zu Grabstein, wobei sie den Nebel als Deckung benutzte. Sie hielt Ausschau nach weiteren Friedhofsbewohnern, aber die schienen vom Erdboden verschwunden zu sein. Wie alle anderen Bürger der Stadt wollten sie mit diesen Kojoten nichts zu tun haben. Buffy war als einzige verrückt genug, um Mitternacht hinter ihnen herzustiefeln.

Sie sah einige flüchtige Schatten, und es schien, als sammelten sie sich um ein hohes weißes Grabmal, dessen Türmchen aussah wie das Washington-Denkmal, nur daß noch eine Marmorkugel obenauf saß. Als Buffy durch das Fernglas spähte, erkannte sie, daß die Kugel in Wirklichkeit der Mond war. Man konnte sogar die Krater erkennen.

Da zwischen ihr und dem Rudel ein Hügel und ein kleines Wäldchen lagen, konnte Buffy immer nur zwei oder drei der Tiere zugleich sehen. Wieder schienen sie aufgeregt im Kreis zu rennen, doch anders als beim Beutefang bellten und jaulten sie nicht.

Buffy wußte, sie mußte näher heran, um zu erkennen, was sie da machten. Ihre übliche Taktik bestand darin, sich direkt ins Geschehen zu stürzen, ein paar Witze zu reißen, damit alle sich entspannten, und dann so richtig abzuräumen. Sie war nicht daran gewöhnt, auf ihren zarten Knien herumzurutschen, aber bei Spionage war das eben nötig. Anders ging es nicht – Kojoten waren bekannt dafür, seltsam und unberechenbar zu sein, und bevor sie zu Giles ging, um etwas über *diese* Kojoten rauszukriegen, mußte sie ihrer Sache sicher sein.

Die Jägerin kroch durch das hohe feuchte Gras, verbarg sich hinter Grabmalen und Baumstümpfen. Sie kroch weiter, bis sie die Hügelkuppe erreicht hatte, von der aus sie die Kojoten endlich gut im Blick hatte. Zwischen zwei Baumstümpfen legte sie sich auf den Bauch und robbte zur moosüberwucherten Hügelkante.

Sie war keine Kojotenexpertin, aber dieses Rudel benahm sich selbst für Kojotenverhältnisse äußerst seltsam – es rannte gegen den Uhrzeigersinn um das weiße Türmchen und das alte Grab, auf dem verwelkte Blumen lagen. Aber das war noch nicht alles.

Alle paar Sekunden scherte einer der Kojoten aus dem rasenden Rennen aus und sprang auf das Grab. Unter herzzerreißendem Jaulen grub er ein flaches Loch, wobei er die Blumen wild beiseite schleuderte. Und genauso plötzlich hörte er wieder auf, nahm seinen Platz im Kreis wieder ein und überließ das Buddeln einem anderen.

Wenn das ganze Rudel gleichzeitig zu graben anfing, überlegte Buffy, könnten sie den Sarg in ein paar Minuten ausbuddeln. Es sieht nicht so aus, als wollten sie wirklich das Grab aufbuddeln – sie *tun* nur so. Aber warum nur? Das Benehmen der Tiere wurde ihr immer rätselhafter. *Warum zur Hölle tun sie das?*

Doch allein die Tatsache, daß hier Kojoten ein Grab aufbuddelten, reichte aus, daß bei Buffy sämtliche Alarmglocken läuteten. Sie nahm sich vor, bei Tag wiederzukommen und nachzusehen, wer unter diesem kleinen Turm begraben lag. Es mußte ein wichtiger, vielleicht auch reicher Verblichener sein, denn dieser massive Grabstein war nicht billig gewesen.

Und plötzlich war da noch etwas anderes als das Keuchen und Rennen des Rudels. Buffy hörte ein drohendes Knurren. Es klang zu nah – so nah wie ein Flüstern im Ohr. Sie hörte gewaltige Kiefer schnappen und wußte, daß die Bestie unmittelbar hinter ihr stand, sprungbereit. Buffy wirbelte herum und hob die Hand, um den Angriff abzuwehren, doch er erfolgte nicht – noch nicht.

Durch den Nebel sah sie den alten Kojoten mit den gelben Augen, ungefähr drei Meter entfernt. Er zog die geifernden Lefzen zurück und bleckte seine Zähne. Seine Nackenhaare standen zu Berge wie eine schlecht geschnittene Punkfrisur.

Hopscotch! dachte Buffy grimmig. Wenn sie sich vorher nicht sicher gewesen war, so war sie's jetzt. Sie wich langsam zurück und fragte sich, wie weit sie käme, bevor der räudige Kojote sie von hinten ansprang oder seine Zähne in ihr Bein versenkte.

Der weise alte Jäger war zu schlau, um sie allein anzugreifen. Er hob die Schnauze und heulte in einem Ton, der ihr das Blut in den Adern gefrieren ließ. Es klang, als riefe Mom die Kids zum Essen. Als sein Ruf von aufgeregtem Gebell beantwortet wurde, sprang Buffy auf die Beine und sah sich nach einem Fluchtweg um.

Es gab keinen. Überall sah sie nur rotäugige, knurrende Kojoten, die auf sie zurannten!

4

Als das Rudel besessen heulend auf sie zusprang, kauerte Buffy sich auf dem Boden nieder. Ein Schatten wuchs zu ihrer Rechten empor – rasch trat sie mit dem Fuß aus und erwischte Hopscotch, bevor er ihr an die Gurgel gehen konnte. Der Tritt beförderte den alten Kojoten ein paar Meter weit in die Büsche. Dann sprang Buffy senkrecht in die Höhe und entging so dem Angriff von zwei anderen Kojoten, die unter ihr gegeneinander krachten.

Sie landete auf den benommenen Tieren und benutzte ihre Fäuste, um ihnen die Schnauzen zu vernageln. Dann blickte sie sich um – immer noch strömten die Kojoten aus allen Richtungen herbei. Wohin sie blickte, sah sie nur geifernde Lefzen und stinkendes Fell!

Buffy schlug ein Rad, kickte zwei Kojoten in die Lefzen und wirbelte wie ein Hula-Hoop-Reifen den Hügel hinab – genau auf das geheimnisvolle Grab. Sie blieb halb bewußtlos auf den verwelkten Blumen liegen. Die Kojoten heulten vor Wut. Ihr wütendes Gekläff brachte Buffy wieder zu sich, stolpernd kam sie auf die Beine. Da ihr keine andere Möglichkeit blieb, suchte sie ihr Heil in der Flucht.

Zwei Füße waren bei weitem nicht so schnell wie vier. Im Handumdrehen war das Rudel der Jäger da und schnappte nach ihren Füßen. In ihrer Verzweiflung sprang Buffy drei Meter hoch in die Luft und landete auf dem Dach eines alten Mausoleums. Sie ruderte mit den Armen, um auf dem schlüpfrigen Dach, das wie ein echtes Hausdach stark geneigt war, das Gleichgewicht zu halten.

Auch Kojoten können gut springen, und ein paar hatten es schon geschafft. Buffy ging mit wirbelnden Fäusten auf die Biester los, aber die waren drahtig und behende und schwer zu treffen. Sie traute sich nicht zu treten, weil sie ihr Gleichgewicht nicht verlieren wollte. So konnte sie nur mit halber Kraft zuschlagen und die Tiere vom Dach fegen.

Als die Kojoten von allen vier Seiten gleichzeitig angriffen, war Buffy gezwungen, sich im Kreise zu drehen und ihre Füße zu benutzen. Zweimal wäre sie fast ausgerutscht und in die gierigen Mäuler gestürzt, aber sie fing sich jedesmal wieder im letzten Moment. Die aufregende Jagd machte die Kojoten geradezu verrückt, und sie heulten und kläfften, als wäre Buffy eine Katze, die sie auf den Baum gejagt hatten.

Aus der Entfernung ist es ja ganz nett, ihnen dabei zuzugukken; aber wenn man selber die Beute ist, macht's überhaupt keinen Spaß mehr!

Aufgrund ihrer schnellen Reflexe war Buffy fähig, ihre Stellung zu halten, aber sie konnte nicht darüber nachdenken, wie sie fliehen sollte. Wenn die Angreifer hartnäckig blieben, würden ihre Kräfte allmählich nachlassen. Es waren so viele Kojoten, daß einige immer Pause machen und sich ausruhen konnten, während sie selbst ununterbrochen kämpfen mußte. Und ewig konnten ihre Kräfte nicht vorhalten!

Von ihrer unsicheren Warte aus sah Buffy ein anderes Mausoleum, ungefähr sechzig Meter entfernt, das sie kannte und haßte. Innen gab es einen geheimen Durchgang, der zu einer Vampirhöhle tief unter der Erde führte. *Wer weiß, was mich dort erwartet?*

Doch ihre Füße rutschten von dem Marmordach ab, und ihre Arme wurden allmählich müde – Buffy wußte, daß schnelles Handeln not tat. Sie kauerte sich nieder, schnellte sich mit aller Kraft ab und sprang so weit wie möglich vom Mausoleum weg.

Sie übersprang den ersten Ring der Angreifer und landete vor einem Kojoten, der gerade eine Kampfpause einlegte. Ohne lange zu fackeln packte sie das überraschte

Tier an seinem buschigen Schwanz, schwang es hoch über ihrem Kopf und feuerte es mitten in das Rudel. Ihr Vorsprung von ein, zwei Sekunden war damit gesichert.

Buffy stürmte wie ein Panzer über den Friedhof, an den Fersen ein Rudel total durchgedrehter *Cujos*. Sie sah ihr Ziel – das alte Mausoleum – im Nebel vor sich. Aber konnte sie es erreichen?

Mit einer letzten verzweifelten Anstrengung sprangen die Kojoten von hinten auf ihren Rücken, um die Beute nicht zu verlieren. Buffy stolperte und wäre fast unter die scharfen Krallen geraten, aber sie schüttelte ihre Angreifer wie einen häßlichen Mantel ab und duckte sich unter das Grabmal.

Sie lehnte sich gegen die schwere Marmortür und wehrte gleichzeitig ein halbes Dutzend Kojoten ab. Nur ihre außerordentliche Kraft rettete sie, und endlich gelang es ihr, die Tür hinter sich zuzuschlagen.

Nach Luft schnappend lehnte sie sich gegen den kalten Marmor und musterte den unheimlichen Ort. Es war eine alte Krypta: Von den Wänden blätterte der Putz, und alles war voller Schmutz und Staub. Hätte glatt ihr eigenes Zimmer sein können! Trotz all ihrer Vorsicht hatte sie sich nun in einem Raum eingeschlossen, der so etwas wie die Empfangshalle der Vampire war.

Dennoch lockte sie nichts mehr nach draußen. Die Kojoten, denen die Beute entgangen war, jaulten und kläfften aus vollem Halse und druckten gegen die Tür. Es gab nur einen Weg nach draußen, und dazu mußte sie erst einmal *hinunter* gehen anstatt *hinauf*.

Widerwillig rückte Buffy von der Tür ab. Sie befürchtete, die Tiere würden merken, daß sie sich nicht mehr dagegen stemmte. Sie bezwang ihre Furcht, rannte auf den Geheimgang zu und tauchte hinein. Mit einem Krachen brach die Marmortür ein, und die Kojoten sprangen durch eine Wolke aus uraltem Staub in die Krypta.

Im trüben Licht konnte Buffy sehen, wie die ersten Tiere urplötzlich haltmachten und winselnd zurückwichen. Sie spürten, daß mit diesem Ort etwas nicht stimmte. Buffy konnte ihnen nur beipflichten. Dennoch drängten weitere Kojoten nach – der Jagdtrieb war stärker als die Angst!

Buffy sah keinen Sinn mehr darin zu warten – jetzt zählte jede Sekunde! Kauernd kroch sie den feuchten Tunnel entlang und vermied es, gegen die schlüpfrigen Wände zu stoßen. Wenn sie jetzt einem Vampir über den Weg lief, hatte sie nichts zu ihrer Verteidigung dabei – nicht mal einen Zahnstocher! Wenn ihr jetzt ein Vampir begegnete, hatte er mächtig Glück, denn sie hatte heute abend schon bis zum Umfallen gekämpft!

Ab und zu hielt Buffy an und warf einen Blick zurück durch den Tunnel. Offenbar hatten die Kojoten die Verfolgung aufgegeben. Dennoch wollte sie nicht darauf bauen, daß es so blieb – und kroch weiter.

Da Buffy selbst im Dunkeln gut sehen konnte und einen fabelhaften Richtungssinn hatte, erreichte sie bald eine Leiter aus Metall, die einen Schacht hinaufführte, und kletterte daran hoch. Nachdem sie einen Kanaldeckel weggeschoben hatte, fand sich Buffy mitten im E-Werk wieder. Um sie herum ragten riesige Transformatoren empor. *Das ist schon okay – jedenfalls besser als Kojoten.*

Sie blickte auf ihre Klamotten herab und stellte fest, daß Jacke, Jeans und T-Shirt zerfetzt und blutbefleckt waren. Seltsamerweise hing das Fernglas immer noch unversehrt am Riemen um ihren Hals. Und noch erstaunlicher war, daß der Tunnel der Vampire sie gerettet hatte. Die Untoten, deren Gestank die Kojoten aus dem Mausoleum vertrieben hatte, waren heute echt zurückhaltend gewesen. Buffy mußte unbedingt eingehend darüber nachdenken – und Giles davon berichten.

Mit schmerzenden Knochen und von unzähligen Kratzern und Blutergüssen bedeckt, kletterte Buffy über den Zaun und schlurfte über verlassene Straßen nach Hause.

Die Jägerin sprang aus dem Bett und starrte verschlafen auf ihren Wecker. Es war schon nach zehn. Sie fluchte, weil sie so lange geschlafen hatte. Natürlich gab es einen Grund: Immerhin war sie ziemlich lange aufgeblieben und hatte sich in den frühen Morgenstunden damit vergnügt, einem Rudel Kojoten auf einem Vampirspielplatz zu entkommen. Als Entschuldigung galt das aber nicht.

Dann erinnerte sie sich müde daran, daß Samstag war, und daß sie als erstes Giles anrufen wollte. Sie griff nach ihren Klamotten.

In der Küche lag eine Nachricht ihrer Mutter, daß sie Golf spielen gegangen war. *Golf? Die müssen hier was ins Wasser schütten, das den Leuten das Hirn verbiegt*, dachte Buffy. *Mom hat doch in Los Angeles nie Golf gespielt – das war immer Dads Part.*

Trotzdem war es ein Segen, daß ihre Mutter nicht da war, denn so mußte Buffy nicht erklären, warum die Klamotten, die sie nun in eine Mülltüte stopfte, so zerrissen waren. Im Augenblick wollte sie mit niemandem sprechen außer Giles.

Doch als sie ihn anrief, war er nicht da. *Wo kann er nur stecken? Giles hat doch gar kein Privatleben.* Sie dachte daran, daß die Schule in ungefähr einer Woche wieder losging, und fragte sich, ob wohl jetzt schon offen war, damit die Lehrer sich vorbereiten und neue Schüler aufgenommen werden konnten. Und selbst wenn die Schule noch geschlossen war, konnte sie sich heimlich in die Bibliothek schleichen und Bücher über Kojoten suchen . . . und über Wer-Kojoten. *Hat Willow nicht erwähnt, daß sie mal 'nen Aufsatz über Kojoten geschrieben hat?* Dann mußte Buffy in der Bibliothek anfangen zu suchen.

Als Buffy zur Schule kam, war sie erleichtert, ein paar Autos auf dem Parkplatz zu sehen. Ganz sicher gehörten die keinem Schüler. Rasch, um nicht entdeckt zu werden, huschte sie an den Fenstern vorbei und flitzte in die Bibliothek. Sobald sie die unverschlossene Tür aufstieß, wußte sie, daß der Wächter an seinem Platz war. Es roch muffig – Giles' persönliches Parfüm.

Sie fand ihn hinter den üblichen Bücherstapeln, wo er über einigen Zeitschriften brütete. „Hallo, Buffy", grüßte der Bibliothekar fröhlich. „Was führt dich denn zur Schule, wenn's nicht absolut nötig ist? Du willst doch nicht etwa lernen?"

„Ob Sie's glauben oder nicht, das wär mir lieber als der wahre Grund", gab die Jägerin betrübt zurück. „Ich bin beruflich hier."

Der gutaussehende Brite blickte sie über den Rand seiner Brille hinweg an. „Sprichst du etwa von den Untoten?"

„Nein, von den Ungebadeten und Ungetrimmten. Ich rede von Kojoten."

Giles lächelte und nahm einen Katalog für Computermöbel zur Hand. „Kojoten gibt's hier jede Menge. Ich war die letzten Nächte ganz fasziniert von ihrem Geheul."

„Also, ich nicht!" schnappte Buffy. „Weil ich nämlich da draußen auf der Straße war und fast 'n netter Happen geworden wäre." Sie streckte ihm den Unterarm entgegen, den ein hübscher Kratzer von einer Kojotentatze zierte.

„Ach, du je!" sagte Giles betroffen. „Bist du damit beim Arzt gewesen?"

„Mach ich später. Ich schätze, ich werd noch viel mehr abkriegen, bevor ich mit den Viechern fertig bin."

„Warum willst du denn überhaupt gegen Kojoten kämpfen?" fragte Giles erstaunt. „Für Menschen sind die doch normalerweise ungefährlich."

Buffy verdrehte die Augen und begann, ruhelos auf

und ab zu gehen. „Bevor ich Ihnen die blutrünstigen Einzelheiten erzähle, hätt ich noch eine Frage – ist es möglich, daß es *Wer-Kojoten* gibt?"

„Natürlich", erwiderte Giles. „Das Phänomen, daß Menschen sich in Tiere verwandeln können, wird von vielen Kulturen auf dem ganzen Erdball überliefert. In Afrika gab es Wer-Krokodile, im Südpazifik Wer-Haie. In unserem Land sind Werwölfe deshalb am bekanntesten, weil unsere Kultur von Europa beeinflußt ist. Ich glaube, bei den Indianern gibt es Sagen von Wer-Kojoten."

„Können Sie das nachprüfen?" drängte Buffy.

Steifbeinig stand Giles auf und begab sich ein Stockwerk höher zu den Büchern, die versteckt in der hintersten Ecke der Bibliothek standen. Er erlaubte es kaum einem, in diese Ecke mit den „Nachschlagewerken" zu gehen, wenn er nicht dabei war. Mit einem besorgten Stirnrunzeln folgte Buffy ihm.

Nachdenklich fragte Giles: „Warum glaubst du, daß diese Kojoten, mit denen du gekämpft hast, in Wirklichkeit Menschen sind?"

„Weil sie mich so komisch *ansahen*. Weil sie Mundgeruch hatten. So furchtbar lässig waren. Und weil sie Piercing-Löcher in den Nasen hatten", erklärte Buffy. „Und die komischen Sachen, die sie da draußen auf dem Friedhof gemacht haben. Da müssen wir übrigens als nächstes hin."

„Ach ja?" meinte Giles argwöhnisch. Er blieb vor einem Bücherregal in der hintersten Ecke stehen, las die Titel und zog vier staubige Bände heraus.

„Warum finden die es so attraktiv, sich in Kojoten zu verwandeln?" erkundigte sich Buffy.

Giles dachte angestrengt nach. „In unseren modernen Zeiten wäre es dumm, sich in einen Werwolf zu verwandeln. Wölfe sind zu selten geworden, es gibt sie ja fast nur noch in der Wildnis – Alaska oder Sibirien. Aber als Kojote kann man sich überall im Westen der USA rumtreiben, in Mexiko und in Kanada, und in der Nähe von Menschen. Kein Mensch wird es seltsam finden, wenn ein Kojote auf der Straße rumläuft. Weil Kojoten Menschen normalerweise nicht angreifen."

„Tja, die hier tun's aber", murmelte Buffy.

Giles schlug ein Buch auf, blätterte ein paar Seiten durch und zeigte ihr einen Abschnitt. „‚Kojote' ist ein sehr populärer Charakter in Indianermythen und Legenden. In vielen ist er der Held, und fast immer wird er als trickreicher Bursche beschrieben. Er ist eine durchtriebene Figur mit einer Schwäche für die holde Weiblichkeit. Man weiß von ihm, daß er seine Haut mit der eines Menschen tauscht, um mit der Frau dieses Menschen ins Bett zu gehen."

Der züchtige Bibliothekar zog indigniert eine Braue hoch, als er diese unanständigen Worte von sich gab, dann fuhr er fort: „In einer Geschichte wird einem Kojote aufgetragen, auf den Mond aufzupassen, aber er mißbraucht seine gehobene Stellung, um die Menschen zu bespitzeln und ihre Geheimnisse zu erfahren. Der Kojote wird auch oft in Verbindung mit dem Mond gebracht."

„Machen Sie keine Witze!" murrte Buffy. „Wie reden hier über *Wer*-Kojoten, nicht über *Märchenbuch*-Kojoten."

Giles warf ihr einen strengen Blick zu. „Du weißt doch, daß Kojoten für ihre seltsame Art bekannt sind. Was du beobachtet hast, könnte auch ihr ganz normales Verhalten gewesen sein."

„Giles, erinnern Sie sich doch bitte daran, was Ihr Job ist!" sagte Buffy frustriert. „Meine Aufgabe ist es, zu sagen, was mir unheimlich vorkommt, und Ihre ist es, herauszufinden, warum."

„Äh, ja, ich versteh schon", beeilte sich der Bibliothekar zu sagen, rückte seine Brille zurecht und starrte wieder in den dicken Wälzer. Buffy haßte es, dem Wächter sagen zu müssen, worin seine Arbeit bestand, aber Giles mußte einfach lernen, den Instinkten der Jägerin zu vertrauen.

„Falls ich mich geirrt habe, können Sie mich später ja auslachen", versprach sie ihm.

„Ich hab's gelernt, nicht über dich zu lachen", gab Giles verstimmt zurück. Er blätterte ein paar Seiten weiter.

Nach einigen Minuten schweigenden Lesens sagte er: „Ich kann über Wer-Kojoten im besonderen nichts finden, aber hier steht einiges über Skinwalker. Wie du dich vielleicht erinnerst, ist in der Kultur der Indianer der Skinwalker ein Zauberer oder Hexer. Ein Skinwalker kann sich in ein Tier verwandeln, indem er dessen Haut trägt und eine geheime Zeremonie abhält. Skinwalkers leben oft in Gruppen weitab von anderen Menschen, und sie werden als gefährliche Zauberer eingestuft, die man möglichst meiden sollte."

Buffy fröstelte. „Das hört sich ganz nach meinen Freunden da draußen an. Also muß ich jetzt nach Kojotenhäuten suchen."

„Ich glaube, es ist illegal, Kojoten abzuschießen und zu häuten", sagte Giles. „Willst du mir nun endlich mal erzählen, was eigentlich passiert ist?"

„Ja, während Sie mit mir zum Friedhof fahren. Und zuerst noch eine Frage. Wissen Sie, was *Coyote Moon* ist?"

„Ich nehme doch stark an, daß es eine Mondphase ist und kein neumodisches Restaurant." Er legte die Bücher über Indianermythologie beiseite und zog einen anderen Wälzer hervor. Einen Augenblick später hatte er gefunden, was er suchte. „Ja, hier steht's – eine sehr seltene Mondphase. Ich nehme an, du weißt, was ein *Blue Moon* ist."

Buffy nickte verschwörerisch. „Klar, das ist ein Oldie, den sie immer im Radio spielen."

Der Bibliothekar seufzte. „Nein, das ist ein zweiter Vollmond im Monat. Natürlich passiert das nur sehr selten."

Er suchte einen bestimmten Abschnitt im Buch und begann vorzulesen: „*Coyote Moon* ist ein volkstümlicher Ausdruck, der im Südwesten der Vereinigten Staaten für eine seltene Mondphase benutzt wird. Es ist ein *Blue Moon*, der im neunten Mondmonat im August blutrot aufgeht. Sein Auftauchen wird oft mit Zauberei und Magie verbunden."

„Und mit all dem anderen unheimlichen Zeugs über Kojoten", fügte Buffy hinzu.

Giles blinzelte nachdenklich. „Wir haben jetzt Ende August – die passende Jahreszeit für Coyote Moon. Ich bin in letzter Zeit nicht viel draußen gewesen, aber ich glaube, bald ist Vollmond."

„Und ob."

„Ich sollte ein paar Berechnungen anstellen und herausfinden, ob wir heute oder morgen mit Coyote Moon rechnen müssen."

„Das können Sie später machen", meinte Buffy. „Es war ja nur etwas, das ich gehört habe – vielleicht gibt es auch gar keine Verbindung. Jetzt aber müssen wir zum Friedhof und nachschauen, an welchem Grab die Biester gebuddelt haben. Dann müssen wir Willow und Xander warnen."

Giles klappte sein Buch zu. „Du hast aber keine Beweise für diese sogenannten Wer-Kojoten, oder?"

„Null", gab Buffy zu. „Wenn ich einen von ihnen dabei erwische, wie er sich 'n räudiges altes Kojotenfell überzieht und sich in ein wildes Tier verwandelt, werd ich's Ihnen sofort berichten."

„Na schön", schloß Giles und klopfte die Taschen seiner Weste ab. „Laß mich nur erst die Autoschlüssel finden und mein Notizbuch suchen, dann können wir los."

Willow studierte Lonnies gutgeschnittenes Gesicht, die blonden Bartstoppeln, die blauen Augen, und dachte: *Ist wahrscheinlich schwierig, 'ne Dusche zu finden, wenn man immer unterwegs ist.* Vielleicht erklärte das auch den Geruch nach Erde, der von ihm ausging. Viele Mädchen würde das nicht stören – und Willow wurde auch nicht unbedingt übel – aber sie mochte es lieber, wenn die Typen, mit denen sie ausging, ein bißchen gepflegter waren als Lonnie.

Zum Beispiel wie Xander. Nun ja, normalerweise gefiel ihr Xanders persönlicher Stil, aber leider hatte auch er jetzt den schäbigen Kirmeslook entdeckt – speckige Jeans, flekkiges T-Shirt und diesen komischen Möchtegernschnurrbart unter der Lippe. *Die dritte Achselhöhle,* dachte sie und mußte unwillkürlich kichern. Lonnie, Xander und Rose wandten sich zu ihr und starrten sie an.

„Was ist denn so lustig?" fragte Rose verächtlich.

„Nichts", gab Willow zurück und rührte mit dem Strohhalm in ihrer Limo. „Mir macht's bloß Spaß."

„Gut", meinte Lonnie grinsend.

Sie saßen zu viert am Tisch vor einem Hot-dog- und Limonadenstand. Weil die Kirmes noch nicht geöffnet war, liefen nur die Schausteller und ihre Gäste herum. Einige Jugendliche aus der Stadt hatten offenbar auch Freundschaften geschlossen – Willow sah mehr als ein halbes Dutzend.

Es wär toll, mit Lonnie und Xander hier abzuhängen, dachte sie, *wenn ich nur Rose loswerden könnte.* Aus irgendeinem Grund schien die attraktive dunkelhaarige Frau Willow nicht sonderlich leiden zu können. Vielleicht war sie aber auch nur eine besonders hinterhältige Person, so wie Cordelia.

„Wo ist deine Freundin?" fragte Rose jetzt.

„Meine Freundin?" grinste Willow. „Ach, du meinst Buffy. Ich hab fast erwartet, daß sie auch kommt."

„Und uns unsre Dates vermiest?" murmelte Xander. „Ich hoffe doch nicht. Buffy hat ja nicht gerade viele Verabredungen."

„Warum nicht?“ wollte Lonnie wissen.

Willow warf Xander einen warnenden Blick zu. Der zuckte die Achseln. „Sie ist ... irgendwie ... wie 'ne Nonne.“

„Sie war aber nicht angezogen wie 'ne Nonne“, entgegnete Lonnie grinsend.

„Sie ist ja auch 'ne Novizin“, hielt Xander dagegen.

Rose schüttelte den Kopf. „Ob Nonne oder nicht, sie hat gestern abend einfach super geworfen, als sie Eddie versenkt hat. Sie sollte in der Nationalliga als Pitcher spielen.“

„Sie wär als Cheerleader besser“, warf Willow ein.

„Warum müssen wir eigentlich über *sie* reden?“ fragte Xander, nahm Roses Hand und sah ihr tief in die dunklen, lebhaften Augen. „Für mich gibt es nur ein Mädchen auf der Welt – meine Rose von San Antonio.“

Nun wurde Willow beinahe schlecht, aber sie blieb ganz cool. „Was wollen wir denn als nächstes anstellen?“ fragte sie strahlend.

„Mal sehen“, meinte Lonnie und rieb sein wohlgestaltes Kinn. „Wir haben euch das Büro gezeigt, das Schaltpult für die Scheinwerfer, die Motoren, die Wohnwagen, die Generatoren und die Lastwagen. Und den Kompressor.“

„Den werd ich nie vergessen“, sagte Willow und versuchte, begeistert zu klingen.

„Wollt ihr vielleicht gern sehen, wo wir schlafen?“ fragte Rose.

Xander nickte so heftig, als wäre sein Kopf an einer Feder befestigt. „Jaa, jaa! Das wär einfach irre!“

„Wo ihr schlaft?“ wiederholte Willow unsicher. „Schlaft ihr denn nicht ... hier?“

Lonnie schenkte ihr ein Lächeln voller Grübchen. „Also – bestimmt nicht hier im Dreck. Wir haben alle einen Wohnwagen, manche müssen ihn allerdings teilen. Weil Rose und ich aber zu den ältesten hier gehören, haben wir unsre Wohnwagen ganz für uns allein. Stimmt's, Rose?“

„Solange wir das wollen", fügte sie mit verschmitztem Lächeln hinzu. Dann sprang sie vom Stuhl auf und zog Xander hoch. „Genug geredet, jetzt laßt uns feiern!"

Xander grinste blöde, als hätte man ihm einen Baseballschläger über den Schädel gezogen. Wie ein Bauer, der das Schaf zur Schlachtbank führt, zerrte Rose den armen Jungen vom Tisch weg. „Bis später!" rief sie den beiden anderen zu.

Willow sprang auf. „Hey, Moment mal! Gehen wir nicht mit ihnen mit?"

„Warum denn?" fragte Lonnie. Er stand auf. Er überragte sie ein ganzes Stück. Er berührte ihre Wange mit seiner schwieligen Hand und drehte ihr Gesicht, so daß sie ihn ansah. „Es gibt nur 'ne begrenzte Menge Sachen, die man auf 'nem Doppeldate tun kann – danach wird's immer ein Einzeldate."

Widerwillig löste sich Willow von ihm. „Aber ich . . . ich hab die *Geisterbahn* noch nicht gesehen! Ja, davon hab ich immer schon geträumt – mal ganz allein in 'ner Geisterbahn zu sein."

Sie drehte sich um und suchte mit den Augen nach Xander und Rose, aber die beiden waren schon verschwunden. In einem plötzlichen Anfall von Furcht glaubte sie, Xander werde für immer verschwunden bleiben. Wie konnte sie, oder sogar Buffy, mit einem Mädchen konkurrieren, das Tattoos trug?

„Okay", meinte Lonnie. „Dann woll'n wir dir mal deinen Traum erfüllen."

Er legte seinen muskulösen Arm um Willows schlanke Taille und führte sie zur Geisterbahn am Ende der Mittelgasse. Düster ragte sie vor ihnen auf – eine metallisch glänzende Fassade mit einer Wandmalerei, auf der liebliche Szenen – Mord, Verstümmelung und Enthauptung – dargestellt waren. Spärlich bekleidete Frauen rannten schreiend vor geifernden, blutrünstigen Monstern davon.

Dies war nicht gerade der Ort, den Willow immer schon erforschen wollte, aber nun mußte sie zu ihrer Lüge stehen.

Als sie näher herankamen, sah sie, daß der Eingang zur Geisterbahn geschlossen und mit einem Vorhängeschloß gesichert war. „Sie hat zu!" verkündete sie freudig. „Wir können nicht rein!"

„Keine Sorge." Mit einem Grinsen löste Lonnie einen schweren Schlüsselring aus der Gürtelschlaufe seiner Jeans. „Ich arbeite doch hier, hast du's vergessen?"

In seinen staubigen Cowboystiefeln stapfte er unbeirrt auf die Geisterbahn zu und stieg die Stufen zum Eingang hoch, während Willow wie erstarrt dastand und verzweifelt die Hände rang. Sie fragte sich schon, ob sie vielleicht fliehen sollte, aber Lonnie brauchte nur einen Augenblick, um das Vorhängeschloß aufzuschließen.

Wenn ich jetzt wegrenne, überlegte sie, *bleibt Xander allein und schutzlos zurück. Na ja, nicht direkt allein . . .*

Lonnie stemmte die Tür der Geisterbahn auf und machte eine einladende Bewegung in die Dunkelheit. „Nach dir, Sweetheart."

5

Langsam wanderten Buffy und Giles im strahlenden Sonnenschein über den alten Friedhof. In der Ferne konnten sie ihr Ziel erkennen – den schlanken weißen Turm, der die anderen Grabmale und Mausoleen überragte. Sie gingen so leise wie möglich, nicht weil sie Vampire oder Kojoten fürchteten, sondern die Polizei. Auf dem Parkplatz vor dem Friedhof hatten zwei Streifenwagen gestanden, und Buffy war sicher, daß es um das Grab ging, das sie letzte Nacht gesehen hatte.

In den Streifenwagen war der Polizeifunk angeschaltet gewesen – fast wäre Buffy umgekehrt, als sie ihn hörte. Sie hätte lieber gewartet, bis die Polizisten den Friedhof wieder verlassen hatten, doch sie bezwang ihre düsteren Vorahnungen und marschierte weiter.

Es war nicht so, daß Buffy Polizisten fürchtete, nur kamen sie ihr immer wieder in die Quere. Meistens glaubten sie ihr kein Wort, wenn sie ihnen die Wahrheit erzählte. Und *falls* sie Buffy einmal Glauben schenkten, würde sie mit größter Wahrscheinlichkeit unverzüglich eingebuchtet, weil sie Pfähle in tote Leute steckte, die völlig gesetzwidrig immer noch durch die Gegend trabten. Wenn es um übernatürliche Dinge ging, waren Polizisten bemerkenswert unterbelichtet.

Buffy war darum sehr erleichtert, als sie nur zwei Polizisten neben dem Grab stehen sah, das letzte Nacht aufgebuddelt worden war. Überall lagen verwelkte Blumen herum. Diese Cops waren nicht als Ermittler gekommen: Da war kein gelbes Absperrband, das den Tatort sicherte, und keine umherkriechenden Leute von der Spurensicherung. Sie sahen sich alles nur in Ruhe an.

„Ich nehme an, dies ist das Grab", flüsterte Giles. „Sollen wir hingehen, wenn die Polizisten noch da sind?"

„Können wir eigentlich machen", flüsterte Buffy zurück. „Ich möchte rauskriegen, wer sie angerufen hat."

Die kecke Jägerin schritt dem vorsichtigen Wächter voran. Die beiden Polizisten drehten sich um und blickten ihnen aufmerksam entgegen. Buffy schritt geradewegs auf die Grabstätte, in der viele frisch gegrabene Löcher den Eindruck erweckten, als hätten Hunde nach Knochen gesucht.

„Bitte bleiben Sie etwas zurück, Miss", warnte einer der Beamten. „Hier ist ein Verbrechen geschehen."

„Okay." Bevor Buffy zurücktrat, warf sie noch einen Blick auf die Lettern, die in den Grabstein gemeißelt waren. Die größten bildeten einen seltsamen Namen – Spurs Hardaway – und neben dem Namen waren Sheriffsterne abgebildet, als sei er einst Gesetzeshüter gewesen.

„Was ist denn passiert?" fragte sie, sich dumm stellend.

„Das wollen wir ja gerade herausfinden", antwortete der Jüngere der beiden und grinste sie freundlich an.

„Das geht Sie gar nichts an!" brummte der grauhaarige Ältere. „Warum gehn Sie nicht einfach weiter?"

Buffy warf einen raschen Blick auf Giles, der sich ein Schmunzeln verkniff. Er wußte, wie sehr sie es haßte, wenn man sie zu bevormunden versuchte.

„Okay", meinte Buffy. „Ich gehe. Aber ich weiß, wer's war."

Sie schritt langsam hügelan. Die beiden Cops hasteten hinter ihr her. „Warten Sie mal, Miss! Wissen Sie was über diese Geschichte?" fragte der Jüngere.

„Ich habe eine Theorie", neckte ihn Buffy. „Und Sie wollen ein paar Schlußfolgerungen ziehen. Wer hat Sie gerufen?"

„Der Friedhofswärter", antwortete der Ältere. „Er hat das Grab so vorgefunden und rief uns an. Mit diesem Friedhof gibt's immer nur Ärger – ich würd ihn liebend gern zubetonieren."

„Ich auch", murmelte Buffy.

Der Cop sah sie fragend an, dann blickte er wieder auf das Grab. „Es sieht nicht nach Vandalismus aus – eher nach wilden Tieren, die nach irgendwas gegraben haben. Also warum sagen Sie uns jetzt nicht endlich, was *Sie* wissen?"

„Ich glaube, es waren diese Kojoten", erklärte Buffy ärgerlich. „Ich wohne in der Nähe, und in den letzten paar Nächten hab ich ein ganzes Rudel von ihnen um den Friedhof schwirren sehen."

Der junge Polizist schnippte mit den Fingern und wandte sich an seinen Kollegen. „Das muß es sein, Joe. Wir hatten diese Woche doch so viele Anrufe wegen Kojoten. Du weißt ja, jetzt ist die Zeit der Dürre, und da kommen sie von den Hügeln runter auf der Suche nach Wasser."

Joe nickte weise. „Ja, ich glaube, wir haben den Fall geknackt – mit Hilfe dieser jungen Dame hier. Jetzt können wir die ganze Geschichte dem Tierschutz übergeben."

„Wenn wir nur wüßten, *warum* sie das Grab aufgewühlt haben?" brummte der junge Cop.

„Warum esse ich Doughnuts? Warum kann man die besten Ringer nur im Pay-TV sehen? Bei Kojoten brauchst du nicht zu wissen, warum!" spottete der Ältere. „Sie sind einfach verrückt."

Wieder linste Buffy unauffällig zum Grabstein. Auch Giles trat näher heran. „War dieser Typ irgendwie berühmt?" fragte sie. „Wer war dieser Spurs Hardaway eigentlich?"

Der junge Cop grinste. „Nur unser Joe hier ist alt genug, um Ihnen das zu beantworten."

Der Ältere machte ein finsteres Gesicht. „Wie schnell die Menschen doch vergessen! Spurs Hardaway war Ende des letzten Jahrhunderts ein berühmter Wildweststar. Ich meine, er war so berühmt wie Buffalo Bill Cody und Annie Oakley. Er leitete eine Show, die gleichzeitig Wildwest- und Zaubershow war, und ist damit durch die ganze Welt getourt."

„Und wie kommt es dann, daß er hier begraben ist?" fragte Buffy baß erstaunt. „In Sunnydale?"

Der Cop zuckte die Achseln. „Ich kenne nicht die ganze Geschichte. Ich weiß nur, daß er sich hier niederließ, als er aus dem Showgeschäft ausstieg. Er war auch schon sehr alt, als er starb – übrigens wurde er erschossen."

„Genau vor einhundert Jahren", bemerkte Giles, der die Daten auf dem Grabstein studierte.

„Ja, das könnte hinkommen", stimmte der Cop zu. „Das war damals 'ne Riesengeschichte, als in unserem Städtchen so 'ne berühmte Persönlichkeit ermordet wurde."

Der junge Cop blickte wieder auf das übel zugerichtete Grab. „Vielleicht sind die Blumen auf dem Grab kürzlich gegossen worden, und diese Kojoten haben bloß Durst gehabt."

„Scheint mir auch so", meinte der Ältere.

Scheint mir gar nicht so, dachte Buffy. Sie wandte sich an Giles. „Ich glaube, wir können jetzt gehen."

„Aber sicher!" stimmte er mit vor Aufregung strahlenden Augen zu. Nun, da er wieder zentnerweise Forschungsarbeit zu leisten hatte, war der Bibliothekar glücklich.

„Danke für Ihre Hilfe!" rief ihnen der jüngere Cop nach.

„War mir ein Vergnügen!" erwiderte Buffy. Sie staunte, daß die Polizei ihr dieses eine Mal geglaubt hatte. Doch statt sich bestätigt zu fühlen, fing sie an, ihre eigene Theorie anzuzweifeln. Was wäre, wenn es doch nur Kojoten waren, die sich . . . wie Kojoten verhielten?

„Buffy, ich muß mich bei dir entschuldigen", sagte

Giles, als sie außer Hörweite der beiden Polizisten waren. „Dieser Fall ist ungewöhnlich genug, daß ich glaube, wir sollten uns damit befassen. Denn immerhin ist jeder verdächtig, der sich in Sunnydale niederläßt – so nah am Höllenmund. Zuerst werde ich Nachforschungen über Spurs Hardaway anstellen, und dann noch vieles über Skinwalker und Coyote Moon nachlesen. Ich frage mich, ob ich wohl Willow bitten sollte, mir zu helfen."

„Willow!" Erschrecken stand in Buffys Augen. „Oh, Gott, ich hab die beiden mit diesen Oberfieslingen allein gelassen!"

„Welche Oberfieslinge?" fragte Giles alarmiert.

Buffy rannte schon zum Auto. „Fahren Sie mich zuerst zur Kirmes, dann können Sie sich auf Ihre Bücher werfen. Nun kommen Sie schon! Ich möchte gar nicht dran denken, was für gräßliche Sachen den beiden passieren könnten!"

„Ach, du je!" murmelte Giles, als er hinter ihr herrannte.

In der dunklen verlassenen Geisterbahn schmolz Willow in Lonnies Armen dahin. Sie hob das Kinn seinen Lippen entgegen, und sofort floß der Strom – von seinen Lippen zu ihren und durch ihren Körper, schweißte sie zusammen.

Ich wollte nicht, daß dies geschieht, sagte sie zu sich selbst, *aber es ist gar nicht so übel.* Während Lonnie sie zärtlich küßte, verlor sie ihre Vorbehalte. Nie hatte sie jemand so geküßt seit ... *ehrlich gesagt, sowieso nie!*

Was ist mit Xander? fragte die loyale Seite ihres Wesens. *Wer?* fragte die andere Seite und ebenso ihr Körper.

Lonnies Lippen wanderten von ihrem Mund zu ihrem Hals, sein blondes Haar kitzelte sie an der Nase. Plötzlich roch sie wieder seinen erdigen Geruch und stemmte sich überrascht gegen ihn.

Aber seine Küsse wurden fordernder, und sie wurde unruhig – nicht etwa, weil er ein Vampir wäre, sondern weil er ihr einen Knutschfleck verpassen könnte! Sie wand sich, um seinem Griff zu entgehen – da streiften schmutzige Kabel, die von der Decke hingen, ihr Gesicht, und sie hätte fast aufgeschrien.

Ich bin in 'ner verlassenen Geisterbahn, sagte sie sich, *mit 'nem Typen, der glaubt, ich bin leicht zu haben!*

Was würde Buffy jetzt tun?

Willow hielt es nicht für nötig, sich mit einem Tritt in Lonnies Weichteile zu verteidigen, aber sie löste seine Lippen von ihrem Hals und schob ihn nachdrücklich weg. „Bitte Lonnie, nicht!" flehte sie. „Ich brauch einfach mal 'ne Pause."

Er sah sie entrüstet an. „Hey, Honey, *du* wolltest doch unbedingt hier rein – wo's dunkel und still ist und wir ganz für uns sind. Schon vergessen?"

Willow nickte atemlos. „Ich weiß, und es ist auch genauso, wie ich's mir dachte – *sehr* dunkel und *sehr* einsam. Jetzt möcht ich lieber wieder gehen."

Mit erfahrenen Händen strich er ihr zärtlich die Haare aus dem Gesicht. „Was ist denn los mit dir? Rose und Xander werden für 'ne Weile beschäftigt sein."

Wenn er sie damit zum Bleiben überreden wollte, so hatte er genau das Falsche gesagt. Sie wehrte seine Hände ab und stolperte rückwärts tiefer in die unheimliche Geisterbahn hinein. Als sie mit dem Fuß eine Metallplatte streifte, erklang ein Schrei und eine gräßliche Gestalt sprang aus einem Faß heraus.

„Aaaahhh!" kreischte Willow zu Tode erschrocken, bis ihr aufging, daß dieses Monster nur ein harmloser Bewohner der Geisterbahn war.

Und sofort waren wieder Lonnies Arme da – er umschlang sie, versuchte sie zu beruhigen. „Was ist denn nur los mit dir, Willow? Was stört dich so?"

„Es geht mir irgendwie zu schnell", antwortete sie und versuchte, nicht kleinlich zu klingen. „Ich meine, ich hab dich schließlich erst gestern abend kennengelernt."

„Und morgen abend kann ich schon weit weg sein", entgegnete er niedergeschlagen. „So ist es nun mal im Showgeschäft. Wir haben nicht viel Zeit."

„Dann müssen wir uns eben die Zeit *nehmen*!" beharrte Willow und schob ihn wieder von sich. „Wir könnten uns zum Beispiel noch ein paarmal verabreden."

„Ist ja irre!" meinte Lonnie mit einem spöttischen Lachen. „Ich muß jeden Abend arbeiten, und du willst mit mir *ausgehn*!"

„Es tut mir leid, so bin ich nun mal. Eher altmodisch."

Lonnie nickte und wurde auf einmal wieder ganz ruhig und vernünftig. „Okay, Willow, wir machen's, wie du willst. Wir müssen uns erstmal ein bißchen besser kennenlernen."

Sie lächelte erleichtert. „Das wäre schön."

„Du mußt zur Kirmes kommen, wann immer du kannst – zum Beispiel heute abend, wenn wir zumachen."

„Heute abend?" sagte sie und schluckte.

„Nach Mitternacht."

Willow versuchte tapfer zu klingen. „Okay, also heute abend nach Mitternacht."

„Das wird dann unser zweites Date", versprach Lonnie und hielt ihre Hand. „Wir werden uns so gut kennenlernen, daß du bald glaubst, ich wär dein Sweetheart von der Schule."

„Ach so", meinte Willow mit einem nervösen Auflachen. „*Der*!"

„Und ich werd so hart wie möglich arbeiten, damit die Kirmes so lange wie möglich in Sunnydale bleibt. Vielleicht 'n Monat." Er küßte sie sanft auf die Wange, jeder Zoll ein Gentleman. „Ich schätze, ich sollte gleich damit anfangen und was tun. Willst du zusehn, wie ich den ‚Oktopus' öle?"

„Klar", antwortete Willow mit gespielter Begeisterung. „Laß uns das Ding ölen."

Lonnie ist ja kein Ungeheuer, dachte sie dann, *nur ein gutaussehender Typ, der's gewöhnt ist, bei den Mädels freie Bahn zu haben.* Ganz tief innen schien er sie wirklich zu respektieren und wollte sie gern wiedersehen. Vielleicht war es ungewöhnlich, ein Date um Mitternacht zu verabreden, aber so konnten sie am schnellsten wieder zusammensein. Wenigstens war der Sommer nicht mehr langweilig.

Mit einem neuerwachten zärtlichen Gefühl für Lonnie ließ Willow zu, daß er ihre Hand nahm und sie aus der dunklen Geisterbahn geleitete.

Xander stand vor einem kleinen, ramponierten Wohnwagen und lauschte auf den Krach, der drinnen entstand, weil Rose erst aufräumen mußte. Aus irgendeinem Grund wollte sie nicht, daß er einfach so hereinkam – sie mußte erst ein paar Sachen aus dem Weg räumen. Und das fand Xander irgendwie beruhigend, so kam sie ihm mehr wie ein normales Mädchen vor. Sonst war an ihr nämlich gar nichts normal!

Rose war erfahren, gut gebaut und konnte wahnsinnig gut küssen. Xander versuchte, nicht darüber nachzudenken, warum sie sich für jemanden wie *ihn* interessierte. Natürlich bestand die Möglichkeit, daß sie glaubte, Buffy sei seine Freundin, und daß sie, weil sie Buffy nicht leiden konnte, versuchte, ihr eins auszuwischen, indem sie ihr den Typen wegnahm. Xander hatte nicht vor, irgend etwas zu sagen oder zu tun, das ihr diese Überzeugung rauben würde. Wenn es half, würde er sogar behaupten, er wäre mit Buffy *verheiratet*.

Selbst Willow hatte auf dieser Zauberkirmes eine Sommerliebe aufgetan. Es war wirklich ein magischer Ort, auch wenn er nachts unter den flimmernden Neonlichtern wesentlich mehr Flair besaß als jetzt im harten, unbarmherzigen Licht des Tages. Im hellen Sonnenschein wirkten Wohnwagen, Karussells und Buden so alt und schäbig, als ob sie schon seit Jahrhunderten unterwegs wären.

Entschlossen verbannte Xander diese trüben Gedanken aus dem Kopf und wandte sich erfreulicheren Traumvorstellungen zu: *Vielleicht wird die Kirmes ja für immer hierbleiben, oder vielleicht schaffe ich es, mitzufahren und für immer mit Rose zusammenzusein.*

Plötzlich öffnete sich knarrend die Tür des Wohnwagens. Rose trug ein japanisches Seidenkleid und nicht viel darunter. Xanders Blick wanderte von ihren braunen, wohlgeformten Beinen hinauf zu dem riesigen Drachen, der die Brustpartie des Kleides zierte, und er mußte schlucken.

„Komm herein!“ sagte die dunkelhaarige Verführerin.

Vor Ungeduld stolperte Xander, als er den alten Wohnwagen betrat, dessen einziger Raum noch seltsamer aussah, als er sich vorgestellt hatte. Jeder Quadratzentimeter Wand war mit Drucken und Bildern behängt, überall standen kleine Regale voller seltsamer Tierfigürchen. Es gab eine große Seemannskiste, ein winziges Bett und etwas in der Ecke, das aussah wie ein Folterstuhl. Vielleicht war es auch ein uralter Zahnarztstuhl. Was immer es auch sein mochte – die verrosteten Nadeln und Schläuche wirkten nicht besonders einladend.

Über allem schwebte Räucherstäbchenrauch und erfüllte Roses enge Behausung mit einem intensiven Duft. Xander versuchte, den Husten zurückzuhalten, doch schließlich schaffte er es nicht mehr – er bellte, bis er heiser wurde.

„Armer Junge“, meinte Rose amüsiert. „Kannst du nicht mal 'n kleines bißchen Rauch vertragen? Die Räucherstäbchen werden deine Sinne befreien.“

„Meine Sinne waren noch nie befreiter!“ brachte Xander krächzend heraus. Nun wußte er, wie Rose zu ihrer verrauchten Stimme kam. Er taumelte durch den Rauch vorwärts und stieß mit dem Fuß gegen die Seemannskiste. „Au!" stöhnte er. „Was ist denn da drin – ein Anker?"

Als er das dunkle Holz und die Messingbeschläge berührte, schoß Rose mit einem wütenden Funkeln in den Augen hoch. „Faß diese Kiste nicht an!"

„'tschuldigung", sagte Xander, wich zurück und stieß gegen ein Regal mit Drachen, Bären und Wölfen aus Zinn. Ein paar der Figuren fielen scheppernd zu Boden.

„'tschuldigung", sagte er wieder, diesmal noch verlegener. Er bückte sich, um die Figürchen aufzuheben.

„Laß sie doch einfach liegen!" befahl Rose, deren Geduld fast erschöpft war. Sie ließ sich auf ihrem schmalen Bett nieder, das eher für ihr zierliches Figürchen gemacht schien als für Xander. „Komm, großer Junge, setz dich hierher, da passiert nichts."

Als sie neben sich auf die Matratze klopfte, schoß Xander wie eine Rakete dorthin. „Hübsches Bett", schwärmte er. „Ich meine, äh, hübscher Wagen! Also, ich meine, *alles* ist hübsch!"

„Ist eben mein Heim", sagte Rose achselzuckend. „Wir kommen immer wieder in neue Städte, aber meine Höhle bleibt immer gleich."

„Deine Höhle", wiederholte Xander lachend. Er blickte sich verwundert um. „Sieht auch fast wie 'ne echte Höhle aus."

„Nicht wahr?"

„Wie lange machst du das schon?" fragte Xander. „Ich meine, wie lange fährst du schon mit der Kirmes?" fügte er rasch hinzu.

„Lange." Sie drückte seine Schultern, als sei er ein Stück Fleisch. „Ich bin älter, als ich aussehe."

Xander stieß ein albernes Kichern aus, als ihre Finger ihn kitzelten, dann nahm er sich wieder zusammen. „Na, jedenfalls siehst du toll aus, egal, wie alt du bist."

„Zieh dein Hemd aus!" befahl sie.

„Hemd? Klar!" erwiderte Xander begeistert. Er fummelte an den Knöpfen herum, konnte sie nicht öffnen und zog sich schließlich das Hemd über den Kopf. Dann grinste er sie blöde an. „Hab dieses Hemd sowieso nie leiden können!"

„Du bist echt witzig", sagte sie und betrachtete seinen bloßen Rücken, seine Schultern. „Also, wo willst du dein Tattoo hin haben?"

Xander blinzelte sie an. „Tattoo?" Aus dem Augenwinkel linste er auf die altertümlichen Nadeln und Schläuche an dem komischen Zahnarztstuhl in der Ecke. *Oh-oh.*

„Ich will dir mein Brandzeichen aufdrücken, verstehst du?" Sie zwinkerte ihm zu. „Damit jeder sieht, daß du mir gehörst."

„Äh, was für 'n Tattoo krieg ich denn?" fragte Xander. Er versuchte Zeit zu gewinnen.

„Eine Rose natürlich."

„Natürlich!" Er stieß ein nervöses Lachen aus. „Ich hab deine Rose gesehen. Ich schätze, du hast noch mehr Tattoos?"

„Sicher, viele. Würdest du sie gern sehen?"

„Ja", krächzte Xander. Er versuchte, nicht zu geifern.

Neckend berührte sie seine Nasenspitze mit ihrem rotlackierten Fingernagel. „Das wette ich. Du darfst sie aber erst sehen, wenn wir uns ein bißchen besser kennen. Ein kleines werde ich dir trotzdem jetzt schon zeigen."

Rose hob den Saum ihres Seidenkleides und zeigte ihm einen Skorpion, der hoch oben auf ihrer Hüfte tätowiert war. Ihre Bräune wurde an keiner Stelle von weißen Streifen unterbrochen, und sie schien überhaupt keine Unterwäsche zu tragen.

„Schön!" keuchte Xander. Die Räucherstäbchen und Rose machten ihn allmählich fertig – er war so angespannt wie noch nie.

Als er die Hand ausstreckte, um den Skorpion zu berühren, ließ sie den Saum wieder fallen und zeigte auf ihren Knöchel, wo ein kleiner blauer Stern tätowiert war. „Ich liebe diesen Stern. Und du solltest erstmal meinen Mond sehn."

„Und ... und wo ist der?"

„Wo ein Mond sein sollte." Rose zwinkerte ihm zu, stand auf und ging zu dem Tätowierapparat in der Ecke. „Du hast mir noch nicht gesagt, wohin du dein Tattoo haben willst."

„Ähm, tja -" Xander schluckte und stand schwankend auf. „Weißt du, ich hab noch nie so richtig drüber nachgedacht, ob ich so was haben will – bis jetzt. Ich schätze, ich sollte mir erstmal Bilder ansehn, 'n paar Bücher lesen und mir all die möglichen Stellen überlegen, wo du eins hinmachen könntest."

Er grinste. „Vielleicht würd's mich inspirieren, wenn ich mehr von *deinen* Tattoos sehen könnte."

Rose kam wieder zu ihm und legte ihre schlanken Arme um seinen Hals. Sie zog ihn aufreizend nah an sich heran. „Du bist 'n kluger Junge, was? Du gibst nichts, wenn du nicht auch was dafür bekommst. Du *wirst* Rose gehören, ob du ihr Brandzeichen trägst oder nicht."

„Ist mir recht", sagte Xander schwer atmend. Seine Lippen berührten fast die ihren.

„Die Kirmes schließt um Mitternacht", flüsterte Rose. „Komm dann wieder zu mir, und du wirst die Sterne sehen, und den Mond ... und alles andere auch."

„Mitternacht", murmelte er, während seine Lippen eifrig ihre suchten.

Xander versuchte sich zu beherrschen, aber er küßte wie ein Mann, der in einer Vakuumkammer gierig nach Luft schnappt. Er wollte sie essen, wollte sie trinken, sie *einatmen*! Nie war etwas so wunderbar gewesen wie ihre Umarmung – wenn sie sich an ihn preßte und mit ihren

Fingern durch sein Haar strich. Als er eben glaubte, es nicht länger aushalten zu können, flog mit lautem Krachen die Tür des Wohnwagens auf.

Beide fuhren überrascht auseinander und drehten sich zur Tür, wo eine geheimnisvolle Gestalt stand, deren Silhouette sich im prallen Sonnenlicht abzeichnete. Xander fühlte sich an alte Western erinnert, wenn der Held in den Saloon schreitet, um die Stadt von den Bösewichtern zu befreien.

„Buffy!" keuchte er. „Was machst du denn hier?"

Sie achtete nicht auf ihn, sondern ging geradewegs auf Rose zu. „Okay, Dornenfee, laß ihn los."

„Er gehört jetzt mir!" erklärte Rose. Sie ließ die Hände sinken und ballte sie zu Fäusten.

Xander griff schnell nach ihren Händen und versuchte, sie wieder hinter seinem Nacken zu verschränken. „Nein, nein, laß mich nicht los! Halt mich fest! Sonst muß ich vielleicht gehn!"

Aber die Stimmung war verdorben. Buffy und Rose funkelten einander wütend an. *Ach Gott*, dachte Xander, *es könnte schlimmer sein. Da sind zwei wunderschöne Frauen, und sie kämpfen um mich!*

„Ist ja gut, meine Damen", versicherte er ihnen, „bleibt noch genug für jede übrig." *Aber Buffy, warum verziehst du dich nicht? – Du störst hier*, versuchte er ihr mit eindringlichen Blicken zu sagen.

Die Jägerin ließ Rose nicht aus den Augen. „Xander, ich muß dir unbedingt was über diese Leute erzählen. Könntest du bitte draußen warten?"

„*Du* wartest draußen!" fauchte Rose und schubste Buffy Richtung Tür. Als die Jägerin Kampfhaltung einnahm, fürchtete Xander, Roses Zähne könnten Schaden nehmen.

„Ach, du willst mich mit diesem Kung-Fu-Krempel drankriegen?" lachte die Schaustellerin. „Ich glaub, du hast zuviel Fernsehn geguckt!"

„Laß dich nicht auf 'nen Kampf mit ihr ein!" warnte Xander.

„Bin doch längst dabei!" Rose wirbelte schnell wie der Blitz herum und versetzte Buffy einen tüchtigen Hieb, der sie rückwärts aus der Tür auf den staubigen Erdboden schickte.

Während Buffy noch auf dem Rücken lag, sprang Rose aus dem Wohnwagen und landete auf ihrem Hals. Sie fauchte wie ein wildes Tier. Buffy brauchte all ihre Kraft, um ihre Kehle vor den Zähnen der Dunkelhaarigen zu schützen, doch schließlich konnte sie sie abwerfen und sich zur Seite rollen.

Beide Frauen sprangen auf und umkreisten einander lauernd. Zum Glück war die Kirmes noch geschlossen und es gab keine Zeugen außer Xander.

„Komm schon, Buffy", bat der. „Du gehst 'n bißchen zu weit! Sich prügeln löst auch keine Probleme. Wenn du mir nur je gesagt hättest, was du für mich empfindest, und daß du so eifersüchtig bist -"

„Eifersüchtig?" fragte Buffy völlig perplex. „Xander, ich wollte doch nur einen Augenblick allein mit dir reden!"

„Hättest du dann nicht 'ne Nachricht auf meinem Anrufbeantworter hinterlassen können?" heulte er.

Da mußte Rose so sehr lachen, daß sie sich den Bauch hielt. „Ihr seid mir ja zwei! Xander, es hat echt Spaß gemacht, aber ich muß jetzt an die Arbeit. Wenn du dieses verwirrte Pipimädchen satt hast und 'ne richtige Frau willst, weißt du ja, wo und wann du mich findest." Damit stolzierte sie in ihren Wohnwagen zurück und schlug die Tür hinter sich zu.

„Verwirrtes Pipimädchen?" murmelte Buffy wütend.

„Du bist echt verwirrt, weißt du das?" rief Xander und schwenkte verzweifelt die Arme. „Und du benimmst dich auch wie so 'n richtiges kleines Pipimädchen. Erst brichst du in Roses Wohnwagen ein, vermiest mir mein Rendezvous, und dann behauptest du noch, es gab gar keinen Grund dafür!"

Buffy senkte ihre Stimme. „Ich hab's getan, um dich zu retten."

„Mich retten!" kreischte er. „Du hast mich vor der einen Sache gerettet, vor der ich am *wenigsten* gerettet werden wollte!"

„Dein Liebesleben steht hier nicht zur Debatte", entgegnete Buffy. „Dein Leben -"

„Mein Leben? Diese Leute sind echt nett gewesen zu Willow und mir. Und dir haben sie doch gar nichts getan! Sicher, sie versuchen, den Leuten das Geld aus der Tasche zu ziehen, aber das ist doch nur *normal*! Du bist die einzige hier, die sich verrückt benimmt. Diese Leute sind doch keine Ungeheuer."

Buffy packte ihn am Ärmel. „Komm mit in die Bibliothek. Dann setzen wir uns mit Giles zusammen und -"

„Das einzige Ungeheuer bist *du*!" schnappte Xander und befreite seinen Arm mit einem Ruck. „Es ist nicht deine Aufgabe, mir meine Flirts zu vermiesen."

Er stürmte über die Mittelgasse davon, und Buffy jagte hinter ihm her. „Wann sollst du sie wieder treffen?"

Xander hielt sich die Ohren zu. „Ich hör dich nicht – du bist gar nicht da!"

„Wo ist Willow?"

„Ich weiß es nicht, und ich würd's dir nicht sagen, selbst wenn ich's wüßte!" Er drehte sich um und funkelte sie wütend an. „Du hast mich nicht haben wollen, Buffy, also krieg dich wieder ein!"

Als Xander wegstolzierte, stand Buffy sprachlos mitten auf der verlassenen Kirmes. *Mann, das hab ich aber echt vermasselt!* Nicht nur hatte sie Xander nicht gerettet, sondern ihn auch noch dem Feind in die Arme getrieben. Natürlich besaß dieser Feind auch noch eine tolle Figur und ein schönes Gesicht, so daß es nicht viel brauchte, Xander auf seine Seite zu ziehen. Aber auch Willow würde kaum davon zu überzeugen sein, daß die knackigen Schausteller in Wirklichkeit Wer-Kojoten waren.

Das einzige echte Beweisstück, das Buffy hatte, war ein zerbissenes Hundehalsband. Der Rest war nur Verdacht und instinktive Abneigung. Es war sogar möglich, daß sie sich irrte, und dann hätte sie grundlos einen guten Freund verloren.

Hatte Xander vielleicht recht? War ihre Reaktion zum Teil von Eifersucht beeinflußt? Buffy war ein hübsches, verschmustes Gör und hatte in ihrem früheren Leben Jungs immer als etwas genommen, das ihr zustand. Doch seit sie zur Jägerin geworden war, ging ihr Liebesleben völlig den Bach runter. Für gewöhnlich festigte das ihr Band mit Xander und Willow, die aus völlig anderen Gründen im Liebesleben Pech hatten – aber seit der Kirmeseröffnung hatten die beiden plötzlich heiße Affären laufen. Und Buffy blieb nur ihr verrückter, unglaublich gefährlicher Job, dessen Lohn stank.

Sie holte tief Luft und versuchte, diese Selbstmitleidsgefühle zu ersticken. Das Böse zu bekämpfen mußte Lohn genug sein. Auch wenn sie nun einen ihrer besten Freunde vor den Kopf gestoßen hatte – eines hatte Buffy jedenfalls heute rausbekommen: daß Rose für einen Menschen viel zu stark war. Ihre Stärke und Gewandtheit hatten sie Buffy ebenbürtig gemacht und hätten sie sogar für einen Vampir zur würdigen Gegnerin werden lassen. Wieder einmal war es äußerst nett, daß Buffy mit ihrem Verdacht richtig gelegen hatte – doch als Beweis reichte das nicht aus.

Die Jägerin wischte sich den Staub von ihrem T-Shirt und den engen Hüfthosen, dann spazierte sie, als sei nichts geschehen, vom Platz herunter. Als sie herkam, hatten hier ein paar Schausteller gearbeitet oder einfach nur rumgegammelt, und sie hatte einen von ihnen nach dem Weg zu Roses Wohnwagen gefragt. Nun waren alle verschwunden, bis auf einen.

Hopscotch, der Alte mit den Kojotenaugen, beobachtete sie vom ‚Frisbee' aus. Sein kantiges Gesicht wirkte gleichzeitig argwöhnisch und enttäuscht, während er seine Hände an einem schmutzigen Tuch abwischte. Buffy hatte nicht übel Lust, ihm ein paar unangenehme Fragen zu stellen, aber ihr Bedarf an Prügeleien war für heute gedeckt. Mit gesenktem Kopf eilte sie an ihm vorüber.

Vielleicht wußte Giles ein paar Antworten.

6

Buffy betrat die düstere Schulbibliothek und fand Giles an einem Tisch voller alter Bücher. Nur eine einzige Lampe brannte, und er hatte unter ihrem Schein sechs Bücher aufgeschlagen. Seine Nase steckte in einem großen Band voller farbenfroher Bilder. Eifrig kritzelte er Notizen auf ein Blatt Papier.

„Hi", grüßte Buffy, worauf Giles nicht anders konnte, als endlich das Kinn zu heben und ihre Anwesenheit zur Kenntnis zu nehmen.

„Hallo!" antwortete er fröhlich. „Spurs Hardaway ist ein wirklich schillernder Charakter gewesen – genau die Art Mensch, die man in Sunnydale erwarten konnte. Ähm, wie geht's eigentlich Xander und Willow?"

„Glänzend, schätz ich." Buffy zuckte die Achseln und ließ sich auf den Stuhl gegenüber plumpsen. „Xander ist sauer auf mich, und Willow ist verschwunden. Sogar ihre Mutter hat keine Ahnung, wo sie sein kann – sie weiß nur, daß sie heute abend erst spät nach Hause kommt. Natürlich will keiner der beiden irgendwelche Ratschläge von *mir* hören."

„Was willst du damit sagen?" fragte Giles alarmiert.

„Ich meine damit, daß wir dieses Mal nicht auf ihre Hilfe zählen können. Sie stehen auf der anderen Seite und unterstützen den Feind."

Giles nickte nachdenklich. „Ich nehme an, du glaubst immer noch, daß die Schausteller Wer-Kojoten sind?"

„Ja, aber ich hab keine Beweise außer 'nem Hundehalsband", murmelte Buffy. „Xander ist völlig hin und weg von seiner Kirmesbraut, und Willow hängt in den Klauen von so 'nem Superhünen, der sie auf die softe Tour umgarnt."

Giles wählte seine nächsten Worte mit Bedacht: „Du scheinst dir ja furchtbar sicher zu sein, aber es *könnte* doch auch die Möglichkeit bestehen, daß diese Schausteller völlig harmlos sind."

Buffy verdrehte die Augen. „Sie haben diese Typen noch nicht gesehen. Auch wenn sie keine Wer-Kojoten sind – harmlos sind sie deshalb noch lange nicht."

„Aber das ist doch eine Entscheidung, die Xander und Willow für sich selbst treffen sollten."

„Hach! Jeder denkt, ich müßte unbedingt die Briefkastentante spielen, aber ich weiß, was ich weiß . . . oder was ich spüre." Buffy warf ihre honigblonde Mähne zurück. „Genug über Xander und Willow – was haben Sie herausgefunden?"

„Das hier wird dir einen Eindruck vermitteln, wie bekannt Spurs Hardaway war." Giles hob das Buch hoch, in dem er gelesen hatte, und legte es vor Buffy hin. Sie hatte geglaubt, es wäre ein Buch über Malerei, aber nun, als sie es näher betrachtete, sah sie, daß es ein Bildband mit alten Theaterplakaten war.

Auf der linken Seite war das farbenfrohe Bild eines langhaarigen Waldläufers, umgeben von Wölfen, Bisons, Bären und Berglöwen. Darunter ein Bild mit Indianern, die um einen brennenden Planwagen herumritten.

Die schreienden Überschriften auf den Plakaten verkündeten: „Spurs Hardaway und der fesselnde Zauber des Wilden Westens! Werden Sie Zeuge eines heimtückischen Indianerangriffs! Staunen Sie über Tiere, die Sie noch nie in New York sahen! Erleben Sie noch einmal den Zauber und die Romantik des Wilden Westens!"

Auf der rechten Seite war eine weitere heroische Darstellung von Spurs Hardaway, diesmal kämpfte er mit einem Bären. Darunter war das Bild einer Rodeoparade mit unzähligen prächtig kostümierten Cowboys und Indianern. Ganz unten auf der Seite sah man Spurs und einen Berglöwen in einem goldenen Käfig. Aber auf diesem Plakat war der Text in Französisch geschrieben.

„Das stammt von seiner erfolgreichen Europatournee 1889", erklärte Giles das französische Plakat. „Man muß schon sagen, daß Spurs Hardaway eine großartige Show bot, mit mehr als zweihundert Cowboys und vielen wilden Tieren. Es war eine Mischung aus Rodeo, Stunts, Zirkus und Zaubervorstellung."

„Er war also der Siegfried und Roy der damaligen Zeit."

„Wer? Hör dir das mal an – sein berühmtester Trick bestand darin, in eine Kiste zu kriechen, die Kiste von einem Samtvorhang abdecken zu lassen, und sich dann in ein Wildtier zu verwandeln! Es gibt Augenzeugenberichte, daß Hardaway sich in einen Wolf, einen Berglöwen und einen Bären verwandelt hat."

Buffy blickte den Wächter mit zusammengekniffenen Augen an. „Bloß weil er den Trick beherrschte, heißt das noch nicht, daß er sich *wirklich* in einen Wolf oder Bär verwandelt hat."

„Au contraire", entgegnete Giles triumphierend. „Spurs Hardaway behauptete, er *könne* sich wirklich in ein wildes Tier verwandeln. Den Trick habe er von den Prärieindianern. Zur damaligen Zeit taten die Kritiker diese Behauptung als bloße Effekthascherei ab – aber was wäre, wenn er die Wahrheit gesagt hatte? *Wir* wissen, daß es Skinwalkers gibt, und in Spurs Gruppe gab es nachweislich auch noch andere Leute, die sich in Tiere verwandeln konnten."

„Wow", machte Buffy. Ihr war ein wenig übel. „Aber es könnte trotzdem nur ein Trick gewesen sein – Zauberer heutzutage tun das doch schließlich auch."

Giles schüttelte den Kopf. „Aber nicht wie Spurs Hardaway. Er führte seinen Trick überall vor – in Zirkuszelten, Stadien, Saloons, sogar in Gefängniszellen. Sich in einen Wolf oder Bär zu verwandeln, ist kein einfacher Trick –

man braucht eine passende Bühne mit Falltür. Kannst du dich noch an die Sternabzeichen auf seinem Grabstein erinnern?"

„Ja."

„In seiner Jugend war Spurs Hardaway Scout bei der Armee und Sheriff, und er verbrachte viele Jahre unter Indianern. Das war zu einer Zeit, als sie den Weißen gegenüber noch nicht so vorsichtig waren."

„Also belegte er Kurs 101 – ‚Skinwalker'", schloß Buffy. „Aber worin besteht seine Verbindung mit Sunnydale?"

„1895 ging er in Rente und ließ sich hier nieder – die Wildwestshow lief ohne ihn weiter. In der Tat war es so, daß Spurs eine Menge Land hier in der Gegend besaß – er war einer der Gründer von Sunnydale. Ziemlich verdächtig, was? Ich glaube, er wußte, daß er genau auf einer Quelle okkulter Energie saß, obwohl er vielleicht nicht genau wußte, wie er sie nutzen konnte."

„Aber er war doch sterblich. Er ist doch tot."

„Ja, und eben diese Geschichte ist äußerst verdächtig." Giles legte eine dramatische Pause ein. „An seinem einundachtzigsten Geburtstag wurde Spurs in seinem eigenen Haus erschossen – mit einer Silberkugel. Den Mörder hat man nie gefunden."

Buffy sprang auf und begann, unruhig im Raum auf und ab zu gehen. „Wissen Sie, es ist ja eigentlich kein so großer Unterschied, ob man mit 'ner Wildwestshow rumzieht oder mit 'ner Kirmes. Stadt um Stadt. Schlechtes Essen, billiges Essen. Sägemehl. Plüschtiere. Ist eigentlich derselbe Job, nur die Aufmachung ist 'n bißchen anders. Nehmen wir mal an, die Schausteller sind seine ehemalige Truppe und immer noch auf Tour. Natürlich können sie heutzutage keine Wildwestshow mehr abziehen – wer würde ihnen da nicht Ärger machen! – also müssen sie sich mit 'ner schäbigen Kirmes begnügen."

„Hört sich logisch an", meinte Giles.

Buffy runzelte die Stirn. „Nein, tut es nicht. Die meisten von den Typen sind einfach zu jung. Die sind ja kaum älter als ich."

„Nicht unbedingt", entgegnete Giles. „Sie könnten unglaubliche Kräfte aus ihrer Eigenschaft als Skinwalkers ziehen. Zu allen Zeiten wurde die Fähigkeit, seine Gestalt ändern zu können, als fortgeschrittene schamanistische Technik angesehen. Jeder, der diese Fähigkeit beherrscht, hat zweifellos auch andere magische Dinge gelernt, und dazu könnte auch die Fähigkeit gehören, jung zu erscheinen. Als Spurs Hardaway starb, sah er nicht älter aus als vierzig, obwohl er doch einundachtzig war."

Ärgerlich biß der Wächter die Zähne zusammen. „Sie haben bewundernswerte Kräfte von den Indianern übernommen und sie völlig pervertiert. Es ist gut möglich, daß sie sehr geschickte Hexer sind."

„Und sie bewahren ihr Geheimnis, indem sie hinter der Fassade einer Kirmes hausen", fügte Buffy hinzu. „Immer unterwegs von Stadt zu Stadt – so daß nie jemand herausfinden kann, daß sie nicht altern."

„Genau! Aber sie sind sterblich. Wir wissen, daß sie mit einer simplen Silberkugel getötet werden können."

Buffy runzelte die Stirn bei dieser Vorstellung, während sie weiterhin ruhelos auf und ab lief. „Ja, ich weiß, daß wir sie töten können, aber sie sind nicht wie Vampire. Ich meine, sie rennen nicht in der Gegend rum und reißen Leuten die Kehle auf. Die Kojoten haben *mich* angegriffen, aber sie wissen ja auch, daß ich hinter ihnen her bin. Ansonsten haben sie eigentlich nur Kleinigkeiten verbrochen."

„Willst du etwa sagen – nachdem du mich so gedrängt hast –, daß diese Wer-Kojoten *nicht* gefährlich sind?"

„Das hängt von den Umständen ab. Als Menschen ziehen sie einem das Geld aus der Tasche und nehmen einem die Freunde weg", erklärte Buffy bitter. „Als Kojoten fressen sie harmlose Haushunde und buddeln 'n altes Grab auf – aber dafür können wir sie doch nicht *töten*. Wir können nicht mal damit zur Polizei gehen, wenn wir nicht ausgelacht werden wollen."

Giles schob seine Brille auf der Nase höher. „Ich verstehe, was du meinst: Sie haben sich schlecht benommen, aber nicht *so* schlecht. Und außerdem ist da noch die lästige Erschwernis, daß wir keinerlei Beweise haben."

„Wenn wir nur wüßten, warum sie zurück nach Sunnydale gekommen sind. Warum jetzt? Was hatten sie letzte Nacht auf dem Friedhof verloren? Haben sie etwa im Grab ihres früheren Herrchens nach Knochen gesucht?"

Der Wächter blickte plötzlich grimmig drein. „Da ist noch etwas, das ich vergessen habe – über Coyote Moon. Ich hab ein paar Berechnungen angestellt, und heute *haben* wir Coyote Moon. Und außerdem wurde Spurs Hardaway vor genau einhundert Jahren ermordet. Vielleicht kann er, wie ein Vampir, hundert Jahre nach seinem Tod wiedererweckt werden."

Buffy atmete langsam aus. „Gestern nacht haben diese verrückten Kojoten genauso ausgesehen, als ob sie eine Art Zeremonie abhielten."

„Wir werden nie herausfinden, ob auch nur eine unserer Vermutungen richtig ist, bevor wir sie nicht auf frischer Tat ertappen oder unwiderlegbare Beweise finden."

„Kojotenhäute", sagte die Jägerin plötzlich. „Wenn wir recht haben, muß jeder einzelne von diesen Kirmesleuten seinen eigenen Pelz besitzen. Ich muß das rauskriegen."

„*Wir* müssen das rauskriegen", berichtigte Giles mit Nachdruck. „Ich bestehe darauf, mit dir zu kommen. Hier kann ich nicht mehr viel Nützliches tun, und vier Augen sehen mehr als zwei."

Buffy zeigte auf seine Brille und grinste. „Da haben Sie was Wahres gesagt!"

„Was müssen wir mitnehmen? Es könnte sein, daß im Waffenschrank ein paar Silberkugeln sind."

Buffy zuckte zusammen. „Versuchen wir, möglichst keinen umzubringen, okay? Ein paar von denen sind echt süß. Und außerdem – wenn wir Beweise finden, können wir wenigstens Willow und Xander vor ihnen warnen."

Sie blickte besorgt aus dem Fenster und sah die rote Glut des Sonnenuntergangs am Abendhimmel. „Ich hoffe nur, daß es Willow und Xander gutgeht."

„Macht euren Einsatz, Jungs!" sagte Willow und schichtete ihren riesigen Haufen Pokerchips zu mehreren ordentlichen Stapeln. Der winzige Wohnwagen war voller Rauch von Zigaretten und Räucherstäbchen. Willow schätzte, daß sie bis jetzt über zweihundert Dollar von den Kirmesleuten gewonnen hatte. Sie konnte den Rauch getrost noch eine Weile aushalten, solange die anderen ihre Pechsträhne aushielten.

Sie mischte die Karten. „Spielen wir offenes Poker mit fünf Karten, Zweien und mit Buben als Einer?"

„Wie schaffst du's bloß, andauernd zu gewinnen?" brummelte Lonnie. „Hast mir gar nicht erzählt, daß du so 'n Pokeras bist."

Willow grinste. „Tja, ich gewinne auch immer zu Hause beim Monopoly. Schätze, deshalb bin ich in Übung, wenn's um richtiges Geld geht. Poker ist übrigens nichts als reine Mathematik – man kann Wahrscheinlichkeit und Risikofaktoren einkalkulieren. Außerdem muß man sein Geld einteilen können."

Ein alter Mann mit seltsamen gelblichen Augen hob finster blickend seine wenigen Chips auf. „Zahl mich aus. Ich kann diese Pokerhexe nicht schlagen! Das nächste Mal, Lonnie, bringst du keine Profis in die Runde."

„Hey, Hopscotch, das konnte ich doch nicht wissen!" widersprach der blonde Hüne. „Ich hab ihr fünf Scheine geliehen, damit sie einsteigen konnte. Wer konnte das voraussehen?"

Willow zählte fröhlich die Chips des Alten und gab ihm drei Dollar fünfundsiebzig heraus. „Es war mir ein Vergnügen, Sie kennenzulernen."

„Genau", brummte der Alte. „Ich geh jetzt raus und halt Ausschau nach diesem Saboteur, bevor wir aufmachen."

„Gibt's hier einen Saboteur?" fragte Willow besorgt.

Der alte Mann blickte sie höhnisch an. „Nur irgendwelche Typen, die uns ins Handwerk pfuschen wollen. Die kriegen wir schon."

„Warum melden Sie's nicht der Polizei?"

Hopscotch rieb seine grauen Bartstoppeln. „Wir verlassen uns nicht auf Außenstehende, die unser Geschäft nicht kennen. Wir Kirmesleute haben unser eigenes Gesetz."

„Ich verstehe", antwortete Willow nervös lächelnd.

„Komm schon, *teil aus*!" schimpfte einer der Spieler, ein junger Mann mit nacktem Oberkörper und langem schwarzem Haar. Hopscotch winkte ihnen noch einmal zu und stieg aus dem Wohnwagen.

„Du bist nicht mitgegangen", sagte Willow. Der junge Mann warf ihr einen finsteren Blick zu und legte zwei Fünfzig-Cent-Chips auf den Tisch. Willow mischte die Karten und teilte aus – an den jungen Schwarzhaarigen, Lonnie, einen anderen Mann und sich selbst. Insgeheim beschloß sie, nicht so unbarmherzig zu sein – vielleicht würde sie ihnen sogar etwas Geld zurückgeben.

„Erinner mich daran, daß ich nie Strip-Poker mit dir spiele." Lonnie zwinkerte ihr zu.

Willow lief rot an. „Okay, ich werd dran denken."

„Wir könnten genausogut Strip-Poker spielen", murrte der Typ mit nacktem Oberkörper. „Noch so 'n paar Mistkarten, und ich kann froh sein, wenn ich noch meine Unterhose hab."

„Ich kann dir höchstens fünfzig Cents für deine Unterwäsche geben", scherzte Willow. „Ich glaube, das ist mehr als großzügig."

Lonnie lachte. „Ich geb dir zwei Cents dazu."

Immer noch lächelnd nahm Willow ihr Blatt auf und sah, daß sie zwei Damen und eine Zwei hatte, die Jokerkarte. Bevor sie auch nur einmal neue Karten genommen hatte, hatte sie bereits drei Damen auf der Hand. *Man kann es nicht leugnen*, dachte sie freudig, *heute ist mein Glückstag.*

Nach Mittag lag Xander noch im Bett und schnarchte lauthals. Er hatte seine Mutter gebeten, ihn nicht zu wecken – nicht einmal zum Mittagessen –, weil er abends eine Verabredung hatte und sich vorher ausruhen mußte. Er lächelte im Schlaf und träumte von blauen Tattoos auf glatter brauner Haut.

Als Buffy und Giles bei Sonnenuntergang zur Kirmes kamen, wirkte sie wie eine Geisterstadt, die nach langem Schlaf wieder zum Leben erwacht. Eines nach dem anderen gingen die Neonlichter an, und die riesigen Fahrgeschäfte liefen warm. Ächzend und stöhnend begannen die mächtigen Arme des ‚Oktopus' und das Riesenrad zu rotieren, und der Himmel wurde von schillernden Regenbogenfarben erhellt. Fritten, Hot dogs und indianisches Fry Bread brutzelten fröhlich im Fett und erfüllten die Luft mit vertrautem Geruch. Surfermusik schallte aus den knisternden Lautsprechern.

Es war, als sei jede Nacht gleich, nur eine Fortsetzung der vergangenen Nacht.

Buffy sah Familien mit kleinen Kindern bei den Karussells, aber die meisten würden in ungefähr einer Stunde verschwunden sein. Die abendliche Kirmes gehörte den jungen Leuten – und den Gestalten der Nacht. Giles, der neben Buffy stand, starrte offenen Mundes auf die billigen

Attraktionen und die Masse von Teenagern, die sich durch die Gassen wälzte.

„Oje", murmelte er. „Der Zustand der westlichen Kultur ist schlimmer, als ich dachte."

Buffy seufzte. „Aber niemand zwingt die Kids, herzukommen. Wir tun es freiwillig."

„Furchtbar!" pflichtete Giles ihr bei. „Wo fangen wir nun in diesem Sumpf der Verderbtheit zu suchen an?"

Buffy senkte ihre Stimme: „Ich fürchte, wir müssen uns in einen Wohnwagen schleichen, weil ich nicht glaube, daß sie ihre Kojotenhäute im Rucksack bei sich tragen. Ich weiß, wo Roses Wohnwagen steht, aber wir müssen erstmal nachschauen, ob sie im Moment arbeitet."

Buffy führte ihn über die Mittelgasse. Beide achteten nicht auf die Anreißer, die versuchten, sie auf alle möglichen Bahnen zu locken und zu Spielen zu verleiten. Buffy spähte argwöhnisch nach Hopscotch aus, der vermutlich aus dem verborgenen jeden ihrer Schritte beobachtete, aber sie sah den alten Schausteller nicht. Vielleicht mußte er heute abend zur Abwechslung einmal arbeiten, denn großes Publikum war gekommen und hatte alle Attraktionen vollbesetzt.

Im Gehen bestaunte Giles die Fahrgeschäfte, die Spiele, die Imbißbuden und die Leute. Als er ein junges Mädchen sah, das einen riesigen Bausch blauer Zuckerwatte verspeiste, rannte er staunend ein paar Schritte hinter ihr her. Buffy mußte ihn am Arm packen und zurück in die Wirklichkeit befördern.

„Hast du gesehen, was sie da aß?" fragte Giles perplex. „Das sah ja aus wie . . . wie Ektoplasma!"

„Was ist Ektoplasma?" fragte Buffy.

„Der nebelhafte Stoff, aus dem die Geister sind."

„Oh, dann *schmeckt* es auch wie Ektoplasma!" weihte ihn Buffy ein. „Mit sehr viel Zucker drauf allerdings."

„Das kann doch nicht gesund sein!" argumentierte Giles.

„Finden Sie, daß irgend etwas hier gesund aussieht? Dies ist einer der wenigen Orte, wo man gleichzeitig Kind und Erwachsener sein kann. Deshalb gefällt's den Teenies ja so gut."

Giles blinzelte durch seine Brille und sah eine Reihe Spielbuden genauer an. „Ich verstehe jetzt, was du über die Schausteller gesagt hast – daß sie so jung und fit aussehen. Aber das muß nichts Ungewöhnliches sein. Wenn man immer unterwegs ist und am Rande der Städte lebt . . . dazu muß man jung und kräftig sein!"

„Das weiß ich doch!" sagte Buffy frustriert. „Und vielleicht ist es ja auch nur Zufall, daß zur gleichen Zeit ein Rudel wilder Kojoten in Sunnydale rumrennt. Vielleicht ist es nur Zufall, daß sie Spurs Hardaways Grab aufbuddelten, und daß er auf den Tag genau vor hundert Jahren gestorben ist. Deshalb müssen wir erstmal *uns selbst* überzeugen, daß hier etwas vorgeht, bevor wir auch nur irgend jemand anders überzeugen können."

„Sind das deine eigenen Haare?" bellte eine Stimme über Lautsprecher. „Oder trägst du 'ne Bisamratte auf'm Kopf?"

„Wir sind da." Buffy streckte die Hand aus und hielt Giles zurück, als sie sich dem Wasserbassin näherten.

Der Clown, den sie gestern abend versenkt hatte, war wieder an seinem Arbeitsplatz und machte sich über einen älteren Herrn lustig, der ein Toupet trug. Das dunkelhaarige Hexenweib Rose saß ebenfalls an seinem Platz. Wie üblich gab sie triefnasse Softbälle aus und ließ ihren sexy Schmollmund bewundern, kassierte dafür knisternde Dollarscheine und hielt eine ganze Reihe wartender Männer gleichzeitig in Schach.

„Xanders neue Freundin ist schwer beschäftigt", meinte Buffy.

Giles blinzelte hinter seinen Augengläsern. „*Das* ist die junge . . . Frau, die sich für Xander interessiert?"

„Sehen Sie, was ich meine?" sagte Buffy. „Das ist auch einer von diesen seltsamen Zufällen. Gestern abend schien es, als ob alle Schausteller unbedingt Kids aus der Stadt anbaggern wollten."

„Das ist sicherlich ein äußerst tadelnswertes Betragen", kommentierte Giles, „aber sie könnten ganz normale Asoziale sein – nicht unbedingt von der Art, die auch noch ihre Gestalt ändern kann. Bevor sie nicht ein Verbrechen begehen oder wir einen Beweis in die Hände bekommen, wer sie wirklich sind, können wir gar nichts tun."

„Dann lassen Sie uns nach Beweisen suchen." Buffy schob den Bibliothekar in Richtung der Fahrgeschäfte, weg von dem Clown und Rose. Auf Umwegen gelangten sie schließlich hinter die Kirmes, auf die Rückseite der bemalten Pappfassaden. Hier blätterte die Farbe von den alten Wohnwagen, summten die Generatoren und stanken die Mülltonnen. Es war ein düsterer, versteckter Slum, weit weg von den freundlichen Lichtern der Stadt.

Buffy und Giles schlichen durch die Dunkelheit zu Roses unauffälligem Wohnwagen. Da hörten sie Stimmen. Sie krochen hinter einen Holzstapel. Wachsam horchten sie, während zwei Teenager, die eine Abkürzung über den Parkplatz nahmen, an ihnen vorbeigingen.

„Okay", flüsterte Buffy. „Bleiben Sie hier draußen und tun Sie Ihren Job – wachen –, während ich reinschlüpfe. Wenn Sie irgend jemand kommen sehen, klopfen Sie auf die Seitenwand und machen, daß Sie wegkommen. Ich tu dasselbe, und wir treffen uns bei Ihrem Wagen. Okay?"

Giles schluckte schwer und nickte. „Ich dachte gerade, wir könnten dafür verhaftet werden."

„Irgendwie glaube ich, daß diese Schausteller der Polizei nicht so besonders grün sind. Dann mal los." Buffy richtete sich auf und versuchte, die Tür des Wohnwagens zu öffnen. Sie war natürlich verschlossen. Buffy packte die Klinke und brach sie ab wie einen trockenen Zweig. Nun schwenkte die Tür auf, und in geduckter Haltung schlüpfte sie unter ihr hindurch.

Drinnen überlegte Buffy, ob sie Licht machen sollte, aber sie konnte ohnedies genug sehen. Durch das schmutzige Fenster warfen die Neonlichter ein Kaleidoskop an Farben auf die gegenüberliegende Wand. Das reichte als Beleuchtung.

Buffy versuchte, den seltsamen Geruch zu ignorieren, der entweder von Räucherstäbchen oder Roses billigem Parfüm herrührte. Sorgfältig suchte sie die überladenen Wände und vollgestopften Regale ab, aber sie nahm nicht an, daß Rose ihre Kojotenhaut so offen hinhängte. *Ich könnte nie in so 'nem winzigen Wohnwagen leben*, dachte Buffy. *Da ist ja nicht mal Platz für einen Schrank.*

Als ihr die alte Seemannskiste ins Auge fiel, wußte sie sofort, daß dies der einzige Platz war, wo Rose die Haut verstecken konnte. Sie beugte sich herab, um den Deckel hochzuheben und sah, daß er mit einem starken Vorhängeschloß gesichert war. Hätte Buffy nun alle Zeit der Welt gehabt, hätte sie die Kiste wahrscheinlich so öffnen können, daß es nie ein Mensch erführe – aber sie hatte nun mal nicht alle Zeit der Welt. Jede Sekunde zählte.

Buffy nahm die Kette in die eine, das Schloßgehäuse in die andere Hand und riß das Schloß unter lautem Knirschen auseinander. Eine kleine Feder flog durch den ganzen Raum, und das Schloß zerfiel in seine Einzelteile.

Der Deckel der alten Seemannskiste ächzte vernehmlich, als sie ihn hochhob. Suchend ließ sie ihre Hände in den seidigen Inhalt gleiten. Es schienen lauter Kleider zu sein – nur eben nicht echte Kleider, sondern eher phantastische Kostüme mit Spitzen und Pailletten. *Vielleicht arbeitet Rose nebenher noch als Go-go-Girl.* Buffy wühlte tiefer – sie suchte nur nach einem ganz bestimmten Kleidungsstück.

Endlich stieß sie auf dem Grund der Kiste auf das Gesuchte – schmutziges Fell auf lederner Haut! Eben wollte sie es hervorziehen und begutachten, als jemand gegen die Wohnwagenwand hämmerte. Giles' Zeichen – jemand kam auf den Wohnwagen zu! Buffy hoffte, daß der Wächter noch fliehen konnte. Sie aber wollte nicht ohne ihre Beute gehen!

Da hörte sie plötzlich ein anderes Geräusch – viel näher. Irgendwo ganz hinten im Wohnwagen ertönte leises Knurren. Das konnte ein Kojote sein, aber es klang nach einem größeren – viel größeren – Tier. Und es war *im* Wohnwagen.

Ein Schatten wuchs vor ihr empor, als die Bestie ihr an den Hals sprang!

7

Ohne lange zu überlegen hob Buffy die Kiste hoch und benutzte sie als Schild: Fauchend krachte die Bestie hinein. Die Kiste zerbrach in tausend Stücke, und Buffy fiel rücklings um. Zwischen aufreizenden Go-go-Kostümen wälzten sich die beiden Kontrahenten auf dem Boden hin und her. Buffy versuchte verzweifelt, die Trümmer der Kiste als Schutzwehr vor sich zu halten, aber das Tier war stark und furchtlos. Wie sie sich auch drehte und wendete, sein heißer Atem blies auf ihren Hals.

Sie stieß einen Karateschrei aus und boxte das Biest in seinen stämmigen Hals. Es jaulte vor Schmerz auf. Buffy nutzte ihren Vorteil aus und hämmerte unablässig auf das Tier ein, bis sie es schließlich mit einem gezielten Schlag fortschleuderte, schnell auf die Füße kam und aus der Tür hechtete.

Auf dem Boden liegend sah sie vier Beinpaare um sich stehen. Rauhe Hände packten sie und stellten sie auf die Füße. Buffy erkannte einige der Schausteller: Lonnie, Hopscotch und Rose, und den Typen, dem die Basketballbude gehörte. Besorgt warf sie einen Blick über die Schulter, aber das bösartige Biest, das sie angegriffen hatte, war nirgends zu sehen.

Rose aber sah stinkwütend aus. „Das ist heute schon das *zweite Mal*, daß du in meinen Wohnwagen eingebrochen bist!"

Mit einer blitzschnellen Bewegung schwang sie ihre Faust und traf Buffy in die Magengrube. Nach dem anstrengenden Kampf mit dem wilden Tier war Buffy völlig erledigt – und als die Luft ihren Lungen entwich, sank sie widerstandslos zu Boden. Sie war so schlapp, daß nicht einmal die drei Männer sie halten konnten. Sie ließen

Buffy einfach in den Staub fallen. Ein paar Sekunden lang brachte sie nicht mehr heraus als keuchende Atemzüge.

„Und du!" sagte Rose vorwurfsvoll. „Du solltest den Wagen bewachen. Was ist denn bloß passiert?"

Aus dem Augenwinkel sah Buffy, daß Rose zu einer vierbeinigen Kreatur sprach, die in der Tür des Wohnwagens stand. An dem Tier war überhaupt nichts Mystisches: es war lediglich ein großer schwarzer Hund, stämmig wie ein Rottweiler. Sie war von einem Wachhund angegriffen worden, nicht von einem Wach*monster*.

„Er hat nur seine Pflicht getan", stöhnte Buffy. „Er hat mich überrascht."

„Was ist denn nur dein *Problem*?" murmelte Lonnie und drehte sie mit der Stiefelspitze zu sich herum. „Was suchst du noch, außer Streit?"

„Meinen Freund -" erwiderte Buffy mit schwacher Stimme und hoffte, sie würden ihr glauben.

„Völliger Blödsinn!" schnappte Rose. „Er ist nicht hier, und das weißt du auch. Du wolltest bloß wieder rumschnüffeln."

„Was sollen wir jetzt mit ihr machen?" wollte Hopscotch wissen und boxte Buffy schmerzhaft in die Schulter.

Lonnie kniete nieder, so daß seine Augen auf gleicher Höhe waren wie Buffys. „Hör zu, du kleine Schnüfflerin. Du läßt uns hier in Ruhe, und zwar sofort, oder du wirst deine Freunde nie wiedersehn."

Buffy funkelte ihn wütend an. Sie wußte, er würde möglicherweise seine Drohung wahr machen. Fluchtpläne huschten ihr durch den Kopf, aber sie war nicht mehr in der Verfassung, noch einen weiteren harten Kampf durchzustehen. „Warum macht ihr euch nicht vom Acker? Oder zählt eure Flöhe?" fragte sie kurz angebunden. „Wir haben in dieser Stadt schon genug Ärger – Typen wie ihr haben uns gerade noch gefehlt."

„Und wer sind Typen wie wir?" fragte Lonnie höhnisch. Es war, als wolle er sie herausfordern, ihren Verdacht über die Kirmesleute laut zu äußern. Nun, in diese Falle würde sie nicht tappen. Sie sammelte Informationen, gab aber keine preis.

„Hört mal, von mir aus ruft doch die Bullen, wenn ihr das unbedingt wollt!" sagte sie trotzig. „Und wenn ihr das nicht vorhabt, laßt mich endlich laufen."

Lonnie lächelte und war wieder ganz der charmante Herzensbrecher, den sie am Abend zuvor kennengelernt hatte. „Buffy – das ist doch dein richtiger Name, oder nicht? Weißt du, Buffy, du hast 'ne völlig falsche Vorstellung von uns. Wir sind bloß junge Leute, frisch von der Schulbank, die 'n bißchen Geld verdienen und was von der Welt sehen wollen. Und was Willow und Xander angeht – warum entspannst du dich nicht einfach und läßt den beiden ihren Spaß? Sie sind aus freiem Willen hier."

„Ist das denn so wichtig?" wollte Buffy wissen.

Lonnie blickte sie finster an und stand auf. „Ich weiß nicht, was wir mit ihr machen sollen. Vielleicht sollten wir sie einsperren, bis . . . später, wenn alles vorbei ist."

„Paß auf, sie ist furchtbar stark", warnte Rose mit einem wissenden Blick auf Buffy. Sie schob ihren Hund zurück in den Wohnwagen und versuchte, den Riegel vor die Tür zu legen. „Sie hat mir glatt das Schloß aufgebrochen."

„Ich weiß einen sicheren Platz", schlug Hopscotch vor. „Die große Werkzeugkiste in unserem Versorgungstruck. Da paßt sie gerade rein."

„Ich will aber nicht gekidnapped werden!" schrie Buffy und tat so, als wehrte sie sich verzweifelt. Sie starrte Rose an. „Laß mich doch nach Hause gehn – kannst meinen blöden Freund geschenkt haben!"

Rose kicherte. „Danke, hab ihn ja schon. Und ich hab noch Großes mit ihm vor!"

Lonnie blickte Hopscotch an und nickte unmerklich. Buffy hätte schneller reagieren sollen, aber sie war immer noch damit beschäftigt, Atem zu schöpfen. Sie sah den Schraubenschlüssel in Hopscotchs Hand erst, als er durch die Luft schoß und sie krachend am Hinterkopf traf.

Während sich Dunkelheit und Schmerz über sie senkten, fiel Buffy mit dem Gesicht voran in den Staub.

Unruhig wanderte Giles vor seinem Wagen auf und ab. Er fragte sich, wo Buffy blieb. Hatten die Kirmesleute sie erwischt? Hatten sie die Polizei gerufen? Nun fühlte er sich schuldig, weil er das Signal gegeben hatte und dann sofort davongerannt war, aber sie hatte es ja so gewollt. Sie war die Jägerin – immer setzte sie ihr Leben aufs Spiel, um das anderer Menschen zu retten. Er fürchtete, daß diese Methode ihr eines Tages zum Verhängnis werden könnte.

Er blickte auf die Uhr und stellte fest, daß er Buffy schon vor zwanzig Minuten im Wohnwagen allein gelassen hatte. Sie hatte gesagt, sie würden sich am Auto treffen, aber das setzte voraus, daß beide hinkamen. Und Buffy kam ganz offensichtlich nicht.

Ein junges Pärchen schlenderte vorbei und schaute Giles argwöhnisch an. Er konnte förmlich ihre Gedanken lesen: *Was hat dieser mittelalterliche Typ mit Krawatte bloß auf'm Parkplatz von der Kirmes zu suchen?* Er lächelte sie beruhigend an, und sie beeilten sich, weiterzukommen. *Vielleicht sollte ich weniger verdächtig aussehen.* Er schloß den Wagen auf und ließ sich hinter dem Steuer nieder.

Doch nachdem er zehn Minuten im Wagen gesessen hatte, war er unruhiger als zuvor. Es paßte ihm nicht, im Auto zu sitzen, weil er dann nichts *sehen* konnte. *Was ist, wenn Buffy vergessen hat, wo mein Wagen steht? Was ist, wenn sie in der Gegend herumirrt und mich sucht?*

Giles sprang aus dem Wagen und nahm seine unruhige

Wanderung wieder auf. Er suchte angestrengt zwischen den flimmernden Lichtern der Kirmes, ob er Buffy irgendwo entdecken konnte. Jeder andere Teenager der Stadt schien in irgendeiner der Schlangen auf Einlaß zu warten, nur Buffy nicht.

Ein paar Minuten später zog Giles sein Taschentuch aus der Tasche und wischte sich den Schweiß vom Nakken. Dabei beobachtete er die dunklen Hügel hinter der Kirmes und sah plötzlich etwas, das ihn noch stärker beunruhigte: Der Vollmond war aufgegangen und glühte blutrot am Nachthimmel.

Coyote Moon!

Obwohl sie keine wirklichen Beweise für die Existenz der Wer-Kojoten hatten oder für den makaberen Plan, Spurs Hardaway wieder zum Leben zu erwecken, erfüllte der Anblick des blutroten Mondes Giles mit einer schrecklichen Vorahnung. Mit seinem Glanz schien der Mond die Lichter der Kirmes auszulöschen. Um Mitternacht würde er seinen Höchststand erreicht haben und weiß wie Knochen sein. Giles fand es nahezu unmöglich, diesen roten Mond anzuschauen, ohne daran zu denken, daß heute nacht etwas Böses unterwegs war.

Nun waren vierzig Minuten vergangen, seit Buffy in den Wohnwagen geklettert war. Das dauerte einfach zu lange. Giles beschloß, ihre Befehle zu ignorieren und auf die Suche zu gehen.

Zwei Minuten später schlich er wieder geduckt auf Roses Wohnwagen zu. Nichts schien sich verändert zu haben – alles sah genauso aus wie vorher. Als gehörte ihm der Wohnwagen, stapfte Giles dreist auf die Tür zu und versuchte, die Klinke herunterzudrücken. Das Schloß war zwar zersplittert, die Tür aber notdürftig mit dem Draht eines ausgedienten Wäscheständers verschlossen worden.

Ohne Vorwarnung krachte etwas von der anderen Seite gegen die Tür und bellte und knurrte wie verrückt. Giles taumelte und fiel fast in den Staub, während das Tier drinnen knurrte und sich wie irrsinnig gebärdete. *Was immer da drin ist – es ist kein Mensch und es ist nicht Buffy!*

Giles blickte sich argwöhnisch um, er befürchtete, das laute Gebell könnte eine Menschenmenge angelockt haben. Obwohl niemand zu sehen war, eilte er schnellstens davon. Er fühlte sich feige und hilflos.

Eine Weile wanderte er auf der hell erleuchteten Mittelgasse der Kirmes und hielt Ausschau nach Buffy, Willow und Xander. Doch er sah nur pickelige Jugendliche aus Sunnydale und die unheimlichen jungen Schausteller der Kirmes. Er kam zwar an zwei uniformierten Polizisten vorbei, die Kaffee tranken und riesige Zimtrollen verdrückten, aber was hätte er ihnen denn sagen sollen?

Verzeihung, Officer, eine meiner Schülerinnen ist verschwunden, nachdem sie in einen Wohnwagen eingebrochen ist, um nach Beweisen für Wer-Kojoten zu suchen.

Nein, Buffy hatte sich ein paar dicke Probleme eingebrockt, und sie mußte selbst sehen, wie sie da wieder rauskam. Schließlich war sie die Jägerin, versuchte Giles sich einzureden – sie würde wissen, was zu tun war. Aber ihre Gegner waren diesmal keine normalen Gartenzwerg-Vampire, wie Buffy schon Dutzende bekämpft hatte – das hier waren Hexer, die ihre Gestalt wechseln konnten! Womöglich waren sie mächtiger als Vampire.

Giles irrte weiter über die Kirmes. Er war entschlossen, nicht zu verschwinden, bevor er Buffy gefunden hatte.

Buffy erwachte mit rasenden Kopfschmerzen, die sich an ihren Schädel klammerten wie ein Baby-Alien. Entweder lag sie in völliger Dunkelheit, oder sie war blind geworden. Als sie sich unter Schmerzen drehte und versuchte, ihre Fesseln abzustreifen, merkte sie, daß sie in einer schweren Metallkiste gefangen war, die ungefähr ein Meter zwanzig mal sechzig maß.

Furcht überfiel sie. Buffy versuchte verzweifelt freizukommen, zu schreien. Doch sie hatte keinen nennenswerten Erfolg damit, weil ihre Hände hinter dem Rücken zusammengebunden waren und auf dem Mund ein Klebeband saß. Alles, was ihr übrigblieb, war, mit den Füßen gegen die Metallwände zu treten. Die Kiste war solide wie ein Sarg aus Stahl.

Buffy trat und trat, hörte erst damit auf, als ihr schließlich die Luft ausging. Sie mußte vorsichtig sein, die Luft in diesem engen Gefängnis war sonst viel zu schnell verbraucht. Buffy roch Öl und Maschinenfett, der üble Geruch klebte nun bestimmt überall auf Kleidern und Haaren. *Super! Jetzt brauch ich erstmal 'ne Vitamin-Schlamm-Kur für meine Haare!* Natürlich würde es keine große Rolle mehr spielen, wenn sie in dieser Gruft das Zeitliche segnete.

Schlimmer noch war, daß sie Giles, Willow, Xander und all den Kids aus der Stadt nicht geholfen hatte, die sich jetzt in größter Gefahr befanden. Sie hatte versagt und die Wer-Kojoten nicht aufgehalten, die nun freie Bahn für die Begrüßungsparty von Spurs Hardaway hatten. Dieser Hund im Wohnwagen – das war vielleicht noch nicht mal ein Hund gewesen, sondern ein Mensch, der eine Hundehaut trug! Bei diesen furchterregenden Skinwalkers konnte man überhaupt nicht sagen, was echt war und was nicht.

Buffy trat in äußerster Wut gegen die Wände der Kiste, während sie sich drehte und wand, um ihre Fesseln abzustreifen. Dadurch wurden die rasenden Kopfschmerzen noch schlimmer, aber sie hatte nicht vor, hier ruhig liegenzubleiben und -

Peng! Peng! knallte es zweimal schwer gegen die Wände ihres Gefängnisses. „Ruhe da drinnen!" befahl eine gedämpfte Stimme.

Buffy hörte auf zu treten, nestelte aber weiter an ihren

Handfesseln herum. Unglücklicherweise war sie von kräftigen Leuten gefesselt worden, die sich mit Seilen und Knoten auskannten. In ihrer ungünstigen Position konnte sie nicht viel Kraft einsetzen, um die Stricke abzustreifen, und auch nicht aus ihnen herausschlüpfen.

Mit Lippen, Zunge und Zähnen begann Buffy, das Band zu bearbeiten, das über ihrem Mund klebte. Sie hatte sich immer schon gefragt, ob auch ihre Zunge außergewöhnliche Kraft besäße, und stellte nun fest, daß es tatsächlich so war. Sehr langsam löste sie das Klebeband von der Oberlippe ab, bis sie einen kleinen Spalt zum Sprechen freigelegt hatte.

„Laßt mich hier raus!"

Wieder klopfte es von außen gegen die Kiste. „Ruhe da drinnen!"

„Nein!"

Einen Augenblick später wurde der Deckel der Kiste aufgestemmt, und Buffy sah die Silhouette eines Mannes vor sich. „Hör zu!" zischte er. „Ich könnte dafür sorgen, daß du nie mehr 'n Sterbenswörtchen von dir gibst! Brauch nur mal 'n bißchen an deiner Zunge rumzuschnippeln. Aber wenn du versprichst, daß du nicht schreist und keinen Krawall machst, werd ich dir den Knebel abnehmen. Ob du's glaubst oder nicht, mein Fräulein – ich *will* mit dir reden."

Buffy erkannte die Stimme – sie war fast sicher, daß es Hopscotch war. Sie war nicht gerade in der Position, Forderungen zu stellen, also nickte sie nur und murmelte: „Okay, ich halt den Mund."

Er ließ den Deckel wieder sinken, und sie blieb in der Dunkelheit zurück. Buffy hatte keinerlei Veranlassung, dem alten Schausteller zu trauen, aber seltsamerweise hatte er verzweifelt geklungen, als ob er Hilfe brauchte. Und wenigstens hatte er dringend benötigte frische Luft in die Kiste gelassen. Sogar Buffys Kopfschmerzen ließen nach.

Sie war sehr erleichtert, als sich der Deckel wenige Minuten später wieder hob. Diesmal hatte Hopscotch eine Taschenlampe bei sich und leuchtete ihr ins Gesicht. Buffy schloß die Augen und sah daher seine große Hand nicht, die herabschoß und das Klebeband von ihrem Mund riß. Buffy jaulte vor Schmerz.

„'tschuldigung", murmelte Hopscotch.

„Ja, und danke auch. Jetzt brauch ich wenigstens 'ne Zeitlang meinen Damenbart nicht zu rasieren."

„Hey, keiner hat dich drum gebeten, hier rumzuschnüffeln."

Buffy seufzte tief. „Ich hätte nicht in den Wohnwagen einbrechen sollen, das weiß ich ja jetzt – aber die Liebe läßt einen halt verrückte Dinge tun! Warum lassen Sie mich nicht einfach gehn und wir vergessen alles – auch, daß Sie mich hier gefangengehalten haben?"

„Bist du *wirklich* nur unglücklich verliebt?" erkundigte sich Hopscotch mit einem argwöhnischen Funkeln in den Augen.

Der Instinkt riet Buffy, nicht zu lügen. „Nein", gab sie zu. „Ich meine, Xander ist schon 'n Freund von mir, aber ich mach mir mehr Sorgen um sein *Leben* als um sein Liebesleben."

„Du bist wirklich klug", sagte Hopscotch bewundernd. „Du kannst *sehen*. Ich kann mich noch erinnern, als ich dir zum ersten Mal begegnete – irgend etwas war anders an dir."

„Sie meinen den Abend, als wir uns das erste Mal hier sahen?" fragte Buffy.

„Nein, ich meine die Nacht, als ich dich auf der Straße traf – als ich mit dem Rudel lief. Die anderen glauben, daß alle Menschen Dummköpfe sind, ich aber nicht. Schließlich *waren* wir ja einmal Menschen!"

Bingo! dachte Buffy. „Ihr Typen seid Wer-Kojoten – Skinwalkers."

Hopscotch kicherte vor sich hin. „Ha, du hast es erraten! Wir ziehn nun schon seit hundert Jahren durchs Land, und niemand hat unser Spiel durchschaut, bis du daherkamst! Und kämpfen kannst du auch. Ich hab immer noch Schrammen, wo du mich letztens getreten hast. Und wer bist du *wirklich*, kleine Miss?"

„Jetzt, wo wir Freunde sind – können Sie mich da nicht aus der Kiste rauslassen? Dann können wir uns gemütlich hinsetzen und in aller Ruhe quatschen."

Hopscotch leuchtete ihr mit der Taschenlampe brutal ins Gesicht. „Sag mir sofort, wer du bist, oder ich bring dich für immer zum Schweigen!"

„Okay", antwortete Buffy, der das Licht in den Augen weh tat. „Ich bin eine . . . eine Hexe! Ich hab in dieser Stadt das Sagen, und ich will keine Konkurrenz."

Hopscotch brüllte vor Lachen. „Ich *wußte* es! Ich wußte, daß du eine von uns bist. Wie die Leute von der Monstrositätenschau immer schreien: ‚Einer von uns! Einer von uns!'"

„Okay, ich bin ein Monstrum wie ihr", stimmte Buffy zu. „Also, warum seid ihr hier? Und was hat das mit Spurs Hardaway zu tun?"

„Dir kann man nichts verheimlichen", sagte der alte Schausteller, und ein Leuchten erschien in seinen Augen. „Wußtest du, daß heute nacht Coyote Moon aufgeht?" Er sah aus, als wolle er gleich vor Aufregung anfangen zu heulen.

„Hörn Sie, mir ist es völlig egal, was ihr macht, solange ihr keinem Menschen schadet."

Hopscotch runzelte nachdenklich die Stirn. „Als Hexe solltest du wissen, daß es sich nicht immer vermeiden läßt. Wenn wir Spurs Hardaway von den Toten zurückholen wollen, brauchen wir ein Blutopfer, und zwar mit 'ner Menge frischem Blut."

„Und möglichst jung und rein", fuhr Buffy fort.

„Genau", sagte der alte Schausteller. „So sollte es immer sein. Zum Glück kann man in 'ner Kleinstadt wie dieser noch Blut von dieser Güte finden. Und es ist am besten, wenn sie aus freien Stücken zu uns kommen."

„Okay", meinte Buffy. „Ich vergesse alles, was ich darüber gehört habe. Lassen Sie mich jetzt aus der Kiste raus."

„Du lügst ja!" höhnte Hopscotch. „Du würdest auf keinen Fall zulassen, daß wir jede Menge Freunde von dir killen, um den übelsten Skinwalker, der je auf dieser Erde wandelte, wieder auferstehen zu lassen."

„Okay, vielleicht nicht", lenkte Buffy ein, während sie fieberhaft überlegte. *Jetzt weiß ich über ihren Plan Bescheid.* Plötzlich wurde ihr klar, daß diese Unterhaltung nicht zufällig stattfand – Hopscotch war nicht einsam und hatte nach einem Gesprächspartner gesucht, ihm ging es um etwas anderes.

„Hörn Sie mal", sagte Buffy. „Entweder sind Sie einer von diesen widerlichen Typen, die dauernd rumprahlen müssen, oder Sie wollen gar nicht wirklich, daß Spurs Hardaway von den Toten aufersteht."

Hopscotchs Stimme klang nun brüchig. „Weißt du, wie das ist, wenn man hundert Jahre mit 'ner schäbigen Kirmes rumzieht?"

„Ich kenne die High School."

„Es ist zum Heulen", murmelte der Alte. „Kein Heim, keine Familie, kein anständiges Essen, kein anständiges Bett, keine Badewanne."

„Keine Maniküre", fuhr Buffy fort.

Doch Hopscotch war noch nicht am Ende. „Nichts als Fett, Auspuffgase und zehntausend Kleinstädte, eine langweiliger als die andere!" Er lachte höhnisch. „Für die, die jung geblieben sind, mag's ja ein Spaß sein, mit den Teens aus der Stadt rumzumachen, aber ich hab das vor langer Zeit schon drangegeben. Ich bin hundertfünfundsiebzig Jahre alt!"

„Sie sehen aber keinen Tag älter aus als hundert!" betonte Buffy.

Das runzlige Gesicht des Alten trug einen sehnsüchtigen Ausdruck. „Jetzt ist mir als einziger Spaß geblieben, daß ich mir die Haut überstreifen und mit dem Rudel rennen kann. Manchmal denke ich, ich sollte einfach abhauen und ein Kojote *bleiben*. Ich hab's wirklich satt, immer dieses dämliche Riesenrad zu reparieren."

„Kann ich mir denken. Aber wird's denn nicht spannender, wenn Spurs zurückkommt?"

„Für mich nicht."

„Warum nicht?"

„Weil ich der bin, der ihn erschossen hat."

„Ach, du grüne Neune!" rief Buffy. „Und weiß er das?"

„Er war ja dabei."

„Stimmt. Dann sollten Sie mich vielleicht hier rauslassen", schlug Buffy vor, „nun, da wir sozusagen in einem Boot sitzen."

Zweifel huschte über Hopscotchs zerfurchtes Gesicht, und Buffy befürchtete schon, er werde den Deckel wieder zuknallen und sie in der Kiste verhungern lassen. Endlich aber griff er in die Kiste hinein und zog sie mit starkem Arm heraus.

Als er sie auf die Beine stellte, bekam Buffy einen ersten Eindruck von ihrer Umgebung. Sie befand sich im hinteren Teil eines riesigen Trucks, der Teile der Kirmesausrüstung transportierte: Werkzeuge, Kabelrollen, elektrische Geräte und andere Gegenstände waren an den Wänden aufgehängt. Buffy hatte tatsächlich in einer großen Werkzeugkiste aus Metall gesteckt, die am Boden festgeschweißt war. Die schmierigen Werkzeuge aus der Kiste lagen in einem unordentlichen Haufen vor ihr ausgebreitet.

Das einzige Licht rührte von einer nackten Glühbirne über ihren Köpfen. Der einzige Fluchtweg führte aus der rückwärtigen, abgesperrten Tür des Trucks, und zwischen der und Buffy stand der alte Schausteller. In der Hand hielt er seine Lieblingswaffe, den gewaltigen Schraubenschlüssel, mit dem Buffy schon Bekanntschaft gemacht hatte.

„Versuch's ja nicht!" warnte Hopscotch.

„Ich bin doch immer noch gefesselt", klärte Buffy ihn auf und deutete mit dem Kopf zu ihren Händen auf dem Rücken.

Sie setzte sich auf eine Kabelrolle und streckte ihre steif gewordenen Beine aus. „Da haben Sie ja einiges an Mut gebraucht, um Spurs Hardaway umzulegen. Warum haben Sie's getan?"

Der alte Mann blickte finster drein. „Weil wir die ganze Arbeit machen mußten, um die Show am Laufen zu halten, während er das Geld einsackte! Uns bezahlte er fast nichts, und auch die Tiere bekamen kaum was zu fressen.

Ich war schon seit 1858 bei Spurs, war seit seinem ersten Rodeo dabei, und ich hatte nicht vor, ihn zu töten. Aber er konnte so verdammt filzig sein. Ich hatte immer eine Silberkugel in meiner Derringer, nur für den Fall, daß er mal durchdrehte." Traurig schüttelte Hopscotch den Kopf. „Und wie er durchgedreht ist!" Der Alte verlor sich in seinen Erinnerungen.

„Wie können wir Spurs denn davon abhalten, daß er glaubt, der Vorhang würde noch mal für ihn aufgehen?" fragte Buffy und hoffte, Hopscotch damit wieder in die Gegenwart zurückzubringen.

Der grinste. „*Wir* können nichts. *Du* kannst."

„Ich? Wo wollen Sie denn hin?"

Der Alte grinste sie schlau von der Seite an und öffnete eine rote Werkzeugkiste. Langsam zog er ein räudiges Kojotenfell heraus und drapierte es über seine Schultern. Den mottenzerfressenen Kopf des Tieres setzte er auf. Buffy gefiel es gar nicht, wie diese verdorrten, toten Augen sie anstarrten.

„Ich bleib nicht hier, um auf ihn zu warten!" schwor Hopscotch. „Ich verzieh mich in die Hügel. Wenn du versagst, wird Spurs mich verfolgen, aber ich werd ihn schon irgendwie abhängen. Wenn du sie aufhältst, brichst du den Zauber, und wir alle werden frei sein. Zum ersten Mal in unserem Leben werden wir unsere eigenen Herren sein."

„Aber wie soll ich das anstellen?" wollte Buffy wissen.

„Was weiß ich? Du bist doch die Hexe." Er fing an, sein schmutziges Hemd aufzuknöpfen. Hörte plötzlich wieder auf. „Da ist noch etwas, das du wissen solltest. Spurs wurde mit seiner Grizzlyhaut begraben, und er weiß, wie man sie benutzt. Er war der einzige Weiße, den ich kannte, der sich in einen Bären verwandeln konnte. Man muß das Tier *sein*, und Spurs war wirklich ein gräßlicher oller Grizzly mit übernatürlichen Kräften."

„Na toll!" murrte Buffy. „Hey, aber nehmen Sie mir wenigstens die Fesseln ab, bevor Sie sich vom Acker machen!"

Hopscotch blickte sie mißtrauisch von der Seite an, dann zog er ein Jagdmesser aus dem Stiefel. „Dreh dich um."

Buffy gefiel es nicht, dem bewaffneten Alten den Rücken zuzukehren, aber ihr blieb keine andere Wahl. Sie drehte sich um und hielt den Atem an. Einen Augenblick später spürte sie, wie das Messer durch das Seil schnitt und ihre Hände freigab.

„Danke." Sie schaute den Alten über die Schulter hinweg an und massierte sich die tauben Handgelenke.

„Du kannst dich ruhig wieder rumdrehn, wenn es dich nicht stört, etwas wirklich Verrücktes zu sehen."

„Ich bin Verrücktes gewohnt."

Sie hatte vorher schon seltsame Dinge gesehen, aber so etwas noch nie. Hopscotch zog sich nackt aus bis auf die Kojotenhaut, dann nahm er aus der Werkzeugkiste ein

Büschel getrockneter Blätter, die zusammengebunden waren. Er riß ein Streichholz an und entzündete das Büschel. Innerhalb weniger Augenblicke füllte sich der Truck mit beißendem Rauch – Buffy roch Salbei und Zedernholz in dem stechenden Gemisch.

Während er in einer fremden Sprache sang, wischte Hopscotch sich mit dem brennenden Büschel über den Leib, bis er aussah wie ein gegrillter Fisch. Dann ließ er sich auf Hände und Knie nieder und begann sich zu einem Rhythmus, den nur er vernahm, zu winden, während er unentwegt weitersang und manchmal knurrte. Die Kojotenhaut saß wie ein pelziger Parasit auf seinem Rücken, und Buffy sah erstaunt, wie sich die Fellhaare aufrichteten, als seien sie lebendig. Hopscotchs Gesang klang immer kehliger und tierhafter.

Und dann war er kein Mann mehr, sondern eine Art Zwischenwesen. Er zuckte und knurrte, Muskeln und Knochen knackten, während sich seine Gestalt veränderte. Der Rauch schien um die schlängelnde Gestalt hervorzubrechen und half, sie in ein wildes Tier zu verwandeln. Buffy hätte schwören mögen, daß die Wände des Trucks glühten, während sich Magie in dem engen Raum ausbreitete.

Als der Rauch sich verzogen hatte, stand der Kojote mit den gelben Augen vor ihr.

„Beeindruckend“, krächzte Buffy. Sie konnte nur noch daran denken, daß Spurs Hardaway wiederkehren und sich in einen riesigen, übernatürlich starken Grizzlybär verwandeln würde.

Wie ein verwahrloster Straßenköter, der gerade eine Mahlzeit vom Tisch gemopst hat, trottete der Kojote zur Tür und wartete, daß sie ihm aufmachte.

„Hmmm“, machte Buffy und begab sich zur hinteren Tür des Trucks. „Ein Skinwalker könnte 'nen guten Boyfriend abgeben. Wenn du einen Kerl brauchst, hast du 'nen Kerl, und wenn du keinen Kerl willst, hast du ein Schoßhündchen."

Der Kojote knurrte sie an.

„War doch bloß 'n Witz", erklärte Buffy. Sie schob den Riegel auf und hob die Tür hoch. Der Kojote steckte die Nase in den Nachtwind, nahm flüchtig Witterung auf und sprang in die Dunkelheit. Als Buffy ihm nachsah, war er schon verschwunden.

Die Jägerin sprang hinaus auf den Erdboden und kauerte sich nieder. Sie hatte Dusel gehabt, daß sie noch am Leben war, und sie wußte es. Zum Glück war sie dem einzigen Skinwalker in die Arme gelaufen, der Spurs Hardaway nicht aus seinem Grab auferstehen lassen wollte. Und sie konnte es sich nicht leisten, die Bande noch länger zu unterschätzen: Die Hexer waren sehr real, und – solange sie ihren freien Willen nicht besaßen – auch sehr gefährlich.

Geduckt rannte Buffy zum nächsten Grundstück, wo die meisten Autos geparkt waren. Sie hoffte, daß Giles sich an ihre Anweisungen gehalten hatte und bei seinem Wagen geblieben war, denn sie wollte aus guten Gründen nicht mehr auf die Kirmes zurück, um ihn zu suchen.

Sei da, Giles! Bitte sei da!

Sein blödes Auto war da, er nicht.

„Giles, du Idiot!" murmelte Buffy. Sie blickte zum Vollmond hoch und schluckte. Er war zwar nicht rot, sondern nur leicht rosa, aber *Ol'Coyote Moon* wirkte, als würde er noch reichlich Probleme machen.

Buffy blickte auf die Uhr. Es war zehn – sie war länger bewußtlos gewesen, als sie geglaubt hatte. Bis Mitternacht blieben ihr nur noch zwei Stunden, und sie hatte keine Ahnung, wo ihre Freunde waren, oder was sie tun mußte, um diese Ungeheuer zu stoppen.

Irgendwo heulte ein Kojote, und es klang, als lache er sie aus.

8

Am Samstagabend um zehn tobte die Menge der Vergnügungssüchtigen auf der Kirmes lauter und schriller als je zuvor – alles lachte, kreischte und stopfte sich mit Hot dogs voll. Willow fragte sich, wo die ganzen Leute herkamen. Vielleicht hatten die Schausteller auch in den Nachbarstädten für die Kirmes geworben.

Sie saß mit Xander vor einem Hamburgerstand, teilte sich mit ihm einen riesigen Teller fettiger Fritten und sah der Menschenmenge zu, die sich langsam über die Mittelgasse schob. Wirbelnde Karussells, strahlende Lichter und scheppernde Musik – jeder Jahrmarkt war wie eine unsterbliche Stadt, die immer wieder überall neu geschaffen werden konnte. Kirmesvergnügungen hatten sich vermutlich seit Großmutters Zeiten nicht sehr verändert – gerade das war das Unheimliche daran.

Trotz der überwältigenden Kulisse vor sich, die die Sinne betäuben sollte, blickte Xander immer wieder auf seine Uhr.

„Noch zwei Stunden", sagte Willow. „Und wenn du noch soviel auf die Uhr guckst, gehn sie doch nicht schneller rum."

„Sollte ich meine Uhr vielleicht vorstellen?" Xander grinste über sich selbst. „Kannst du das glauben, Willow? Daß ausgerechnet *uns* das passiert – ein richtiger Sommerflirt!"

Willow seufzte. „Ich hätte lieber 'nen Flirt, der Sommer, Herbst, Winter und Frühling überdauert." *Und mit dir,* fügte sie für sich hinzu.

„Aber das wäre dann kein Sommerflirt mehr", betonte Xander. „Ein Sommerflirt ist was ganz Besonderes, er fegt wie ein Komet über den Nachthimmel und verglüht. Was ihn so besonders macht – daß alles so rasend schnell geht –, ist die Tatsache, daß ein Sommerflirt von vornherein zu einem Ende verurteilt ist."

„Wie poetisch. Und außerdem mußt du Rose niemals deinen Eltern vorstellen", fügte Willow hinzu.

„Sie würden unsere Liebe auch nicht verstehen", erklärte Xander tragisch.

„Aber sicher würden sie's verstehen", lachte Willow. „Nur zu gut."

Plötzlich setzte sie sich kerzengerade auf. Irgend etwas in der Menge war ihr aufgefallen – ein älterer Mann in einem hoffnungslos altmodischen Cardigan und Wollhosen. Bevor sie genauer hinschauen konnte, war er schon wieder in der Menge verschwunden.

„Was ist los?" fragte Xander.

„Ich dachte, ich hätte gerade Giles gesehen."

Xander lachte spöttisch. „Giles? Auf der Kirmes? Ich glaube nicht, daß er samstags überhaupt ausgeht, aber wenn, dann würde er doch ins Planetarium gehn oder zu 'nem Diavortrag im Museum. Niemals auf die Kirmes."

„Ja, du hast ja recht", gab Willow zu. „Ich wollte auch eigentlich nach Buffy gucken, aber die hab ich nicht gesehen."

„Sie wird auch nicht wiederkommen – nicht, nachdem sie sich so lächerlich gemacht hat. Dieses Mädel ist so überzeugt davon, daß sie immer recht hat, daß sie nie zugeben wird, wenn sie sich einmal irrt." Er lachte und schlug sich vor Vergnügen auf die Schenkel. „Was für 'n Käse, zu glauben, alle diese netten Typen wären *Wer-Kojoten*!"

Willow lachte ein wenig unbehaglich. „Ja, das ist schon ein bißchen blöd, nicht? Hör mal, willst du noch 'n Eis?" beeilte sie sich, das Thema zu wechseln.

„Klar." Xander fummelte in seiner Tasche herum und brachte einen zerknitterten Dollarschein zutage. „Siehst du, ich hab sogar noch was über."

„Das Eis geht auf mich, ich hab jede Menge Kohle."

„Ach ja?" machte Xander. „Wieviel?"

„Dreihundert Dollar."

Er spie eine Fritte halb über die Mittelgasse. „Du hast dreihundert Dollar? Was hast du gemacht? Deinen Computer ins Leihhaus gebracht?"

„Nein, bloß 'ne Runde Poker mit Lonnie, Hopscotch und den anderen Jungs gespielt. Ich hab sie geputzt – so haben sie's ausgedrückt. Hab sogar Lonnie noch meinen Einsatz zurückbezahlt, plus Zinsen."

„Wow! Waren sie sauer auf dich?"

Willow runzelte verblüfft die Stirn. „Nein, eigentlich war es so, als ob es ihnen egal wäre. Ich hab das Gefühl, sie wissen gar nicht so richtig, was sie mit dem Geld anfangen sollen, das sie mit der Kirmes verdienen. Ich meine, wofür sollen sie's schon ausgeben? So viele Möbel und andres Zeugs brauchen sie ja nicht, wenn sie dauernd unterwegs sind."

„Ja, was für ein romantisches Leben", sagte Xander sehnsüchtig. „Es ist fast so, als wären sie Mönche – oder Samurais – auf einer heiligen Mission."

„Und was genau ist diese heilige Mission?"

„Spaß haben, Leuten Freude machen! Was für ein höheres Ziel könnte es geben?"

„Ich denk drüber nach", sagte Willow zweifelnd. Sie wünschte, sie hätte mehr Spaß, sie wünschte, Buffy wäre bei ihnen, und sie hätten zu dritt ihren Spaß. Bis nach Mitternacht zu warten und dann mit einem seltsamen Kerl von der Kirmes auszugehen war nicht gerade das, was sie unter Spaß verstand, auch wenn der Kerl unheimlich gut küssen konnte. Mit dem ganzen Geld, das sie in ihrer Tasche hortete, hätten sie und Xander viel mehr Spaß haben können, wenn er ihr nur einmal seine volle Aufmerksamkeit widmen würde.

Doch er blickte schon wieder ungeduldig auf die Uhr,

und Willow wußte, daß es hoffnungslos war: Wie konnte sie mit einem Mädchen wie Rose – einem heißen Sommerflirt – konkurrieren?

Plötzlich kneteten starke Hände ihre Schultern, und als sie sich umdrehte, sah sie gebräunte, muskulöse Unterarme. Über ihr schwebte Lonnies lächelndes Gesicht samt Grübchen und blondem Lockenhaar.

„Hi, Lonnie", grüßte Xander vergnügt. „Wie ich hörte, hat unsere kleine Willow euch große Jungs beim Pokern geputzt."

„Ja", sagte Lonnie verschmitzt. „Ich hab ja immer gewußt, daß sie verborgene Talente hat."

Willow versuchte, nicht rot zu werden. „Ich hatte gute Karten und kann mit Geld umgehn, mehr nicht. Was wollen wir denn heute abend anstellen?"

„Ich treff mich mit Rose am Wohnwagen", antwortete Xander.

„Nein, der Plan ist geändert", entgegnete Lonnie. „Ich hab mit Rose geredet, und wir wollen wieder was mit euch zusammen machen. Wir haben noch nicht viel von Sunnydale gesehen, und da dachten wir uns, wir machen mal 'ne kleine Sightseeing-Tour."

Willow wußte nicht, ob sie beim Anblick von Xanders enttäuschter Miene lachen oder weinen sollte. Das einzige, was er sehen wollte, waren Sehenswürdigkeiten auf Roses werter Person.

„Das ist ja super!" sagte sie und versuchte, nicht zu erleichtert zu klingen. „Um Mitternacht?"

„Wir versuchen heute so früh wie möglich zu schließen", erwiderte Lonnie. „Um elf sagen wir über Lautsprecher, daß wir in 'ner halben Stunde zumachen. Wir sagen, die Feuerwehr rückt bald an oder so was."

„Warum wollt ihr denn früher zumachen?" fragte Willow.

Lonnie zuckte mit seinen anbetungswürdigen Schultern. „Wir sind 'n bißchen knapp an Leuten. Es hat 'ne Panne gegeben, und ein paar von unseren Leuten wurden woanders gebraucht."

„Ist jemand verletzt?" fragte Willow besorgt.

Lonnie starrte vor sich hin und schien die Gesichter in der Menge zu studieren. „Zerbrich dir nicht deinen hübschen kleinen Kopf darüber – wir kommen schon klar. Bleibt ihr beiden einfach hier, wir finden euch schon, wenn wir losgehn wollen."

„Okay", antwortete Willow aufgekratzt. Lonnie winkte ihnen zu und wanderte zu seiner Dartbude.

„Netter Typ", murmelte Xander, „aber mir reicht's bald mit den gemeinsamen Dates."

„Ja", stimmte Willow zu und ließ sich nicht anmerken, wie erleichtert sie war. „Ich frag mich, was für 'ne Panne das wohl war?"

„Er sagte doch, du solltest dir keine Sorgen darüber machen." Xander sprang auf und klatschte in die Hände. „Hey, du hast doch dreihundert Dollar! Das könnte sogar reichen, um an der Losbude 'n Plüschtier zu gewinnen. Willst du's versuchen?"

„Klar!"

Willow stand auf und blickte zum Nachthimmel empor, wo der Vollmond soeben über dem Kettenkarussell aufging. Sie hätte gern Xanders Hand ergriffen, wußte aber, daß er das nicht zulassen würde. So gab sie sich damit zufrieden, mit ihm zusammen in die vergnügungssüchtige Menge einzutauchen.

Alles läuft heute abend so toll, dachte Willow. *Warum mache ich mir dann nur solche Sorgen? Es kann doch nicht wegen Buffy sein. Wenn sie bei all dem nicht mitmachen will, ist das ihre Sache.*

„Komm schon!" rief Xander und eilte zu den Spielbuden.

„Okay!" Willow schnappte ihre Tasche und rannte hinter ihrem heimlich Geliebten her.

Die Sache stinkt, dachte Buffy, die in einer dunklen Ecke der Kirmes herumlungerte und den vorbeiziehenden Teenies nachschaute, die krachend Paradiesäpfel zerbissen und Cola schlürften. Ahnungslos wanderten sie herum und hatten ihren Spaß, ahnten nicht das geringste von der lauernden Gefahr... während Buffy die Zeit weglief. Denn Coyote Moon stieg am Himmel immer höher.

Wo bist du, Giles? Buffy wollte nicht ins grelle Licht der Neonscheinwerfer treten und nach ihm Ausschau halten, damit die Schausteller nicht Wind davon bekamen, daß sie ihnen entkommen war. Sie konnte aber auch nicht einfach stehenbleiben, denn die Chance, daß Giles ausgerechnet hier zwischen Mobiltoilette und Kartenbude vorbeikommen würde, war äußerst gering. Sie konnte sich ein neues Versteck suchen, aber dort standen ihre Chancen, ihn aufzustöbern, auch nicht besser.

Da sein Wagen noch auf dem Parkplatz stand, schloß Buffy, daß er immer noch hier war und nach ihr suchte. Entweder das, oder sie hatten ihn auch erwischt und in eine Werkzeugkiste gestopft. Das war aber eher unwahrscheinlich, denn die Kirmesleute konnten ja nicht ahnen, daß Giles zu ihr gehörte. Sie würden glauben, daß er nur ein etwas zerstreuter Vater auf der Suche nach seinen ungebärdigen Bälgern war.

Buffy hatte auch Willow und Xander nicht zu Gesicht bekommen, und das machte ihr noch mehr Sorgen. *Ich werd die beiden nie mehr aus den Augen lassen!* schwor sie sich. *Hey, Mädchen, krieg dich wieder ein! Komm bloß nicht auf diesen Elterntrip!*

Sie mußte unbedingt etwas tun – aber was?

Da hörte sie mitten im Lärm der Musik, der ratternden Abfahrten und kreischenden Teenies eine rauhe Stimme. Es war der Clown vom Wasserbassin, der einen Werfer neckte: „Du wirfst ja wie 'n Mädel! Ehrlich gesagt, du wirfst wie meine *Oma*!“

Hmmm, dachte Buffy.

Stets auf Deckung bedacht stahl sie sich langsam hinter den Fahrgeschäften und den kleinen Buden entlang. Zum Glück war das Bassin etwas abseits von den übrigen Attraktionen aufgebaut, weil die Werfer eine mehr als zehn Meter lange Wurfbahn benötigten. Anstelle von Rose versah die Rothaarige den Balldienst, und Buffy fragte sich, wo die schlampige Kirmesprinzessin stecken mochte. War sie mit Xander unterwegs?

Keine Zeit, mir darüber Sorgen zu machen.

Geduckt schlich sie sich am Zaun entlang zur Rückseite der Wurfbude. Das zerbrechliche Bauwerk war aus Sperrholz und hastig zusammengenagelten Brettern errichtet, und es war für Buffy nicht schwierig, ein Brett abzureißen und durch die Rückwand hineinzuschlüpfen.

Sie hörte die rauhe Stimme des Clowns – er riß gerade einen Witz, in dem er die Jungs von Sunnydale mit Schafen verglich – und blickte von hinten auf seine vielfarbige Perücke und das gestreifte T-Shirt. Er sah noch trocken aus. Genauso hatte sie es gewollt. Als nächstes suchte Buffy die Zielscheibe und den Mechanismus, der durch einen Treffer in Gang gesetzt wurde. Vorsichtig tastete sie die Apparatur ab, ließ ihre Hand über Hebel und Sprungfedern gleiten, bis sie das Gelenk fand, das den Clown unverzüglich ins Wasser beförderte.

Er saß nur ein kleines Stück über ihr. Buffy roch seinen erdigen, tierhaften Geruch – und das war schon bezeichnend, denn er mußte doch zwangsläufig viel öfter baden als die anderen Schausteller. Nun, da Buffy alles über die Zauberkraft der Wer-Kojoten wußte, fiel es ihr schwer, in diesen Typen noch Menschen zu sehen. Sie rochen nicht mal menschlich.

Buffy wartete, bis der Clown in seiner üblichen Litanei von Neckereien und Beleidigungen eine Pause einlegte, dann sagte sie ganz ruhig: „Ich möchte, daß du was ansagst."

Der Clown deckte sein Mikro mit der Hand zu, blickte nach unten und brummte: „Wer is'n da?"

Aus der Hocke streckte Buffy einen Arm nach oben und rüttelte an der Plattform, auf der er saß. „Ich schmeiß dich rein, wenn du um Hilfe schreist."

„Okay, okay! Was willst du denn?"

„Sag: ‚Bibliothekar, gehen Sie zu Ihrem Wagen'."

„Hey, hör mal, ich arbeite hier!"

„Tu's!" Buffy rüttelte wieder an der Plattform. Die Scharniere knirschten unheilverkündend.

„Okay." Der Clown nahm die Hand vom Mikro und verkündete: „Achtung, Achtung, hier kommt eine Durchsage: ‚Bibliothekar, geh besser zurück zu deinem Wagen. Und zwar *pronto*'."

Er blickte herunter und brummte: „Jetzt zufrieden?"

Aber Buffy war längst weg. Sie hechtete unter dem losen Brett durch, rollte sich ab und kam auf die Füße und flitzte Richtung Parkplatz. Buffy hoffte, daß er die Durchsage mitbekommen hatte, denn normalerweise wurde Giles angesichts von Gefahr zu einem Nervenbündel und war fest davon überzeugt, daß sie alle im nächsten Augenblick gekillt würden.

Als sie zwei der Schausteller sah, die direkt vor ihr an einem Kompressor arbeiteten, zog sie die Haarspangen heraus und schüttelte ihre blonde Mähne, so daß sie ihr ins Gesicht fiel. Mit gesenktem Kopf und betont langsam ging sie an den beiden vorbei. Falls sie ihr argwöhnisch nachschauten, konnte sie es nicht sehen, aber sie horchte angespannt auf Stimmen und schnelle Schritte. Als sie nichts hörte, spazierte sie gemütlich in Richtung Parkplatz weiter.

Mach deine schnellen Schuhe klar, Giles! Wir müssen dem Rudel immer 'nen Schritt voraus sein. Ein paar Augenblicke ging Buffy nervös auf und ab, dann sah sie endlich eine vertraute Gestalt über den Parkplatz eilen. Sie winkte, und die Gestalt beschleunigte ihren Schritt.

„Gott sei Dank!" sagte Giles und nahm ihre Hände. „Bist du in Ordnung? Du siehst furchtbar aus."

„Das ist nur der neueste Kirmeslook", erwiderte Buffy und schüttelte ihr schmutziges, zerzaustes Haar. „Hey, sollten Sie nicht beim Wagen bleiben?"

„Doch sicher nicht die ganze Nacht!" protestierte Giles. „Ich wußte, daß dir etwas passiert war, und da mußte ich doch nachschauen gehen. Was ist denn passiert?"

„Erst was Schlimmes, dann was Gutes, glaub ich. Ich hab einen unerwarteten Verbündeten gefunden." Sie lief zur Beifahrertür und wartete, daß Giles den Wagen aufschloß. „Steigen Sie ein, dann erzähl ich's Ihnen auf dem Weg."

„Wohin fahren wir denn?" fragte Giles und suchte nach seinen Schlüsseln.

Argwöhnisch ließ Buffy ihre Blicke über den dunklen Parkplatz gleiten. Die flackernden Lichter der Kirmes spiegelten sich in den Motorhauben der Fahrzeuge und drehten sich zu phantastischen Formen. Die Musik klang weit entfernt und blechern – es war, als wären sie allein. Aber stimmte das? Zwischen den Rädern der Autos mochten durchaus ein paar magere Kojoten herumschleichen und sie belauern.

„Schließen Sie auf! Schnell!" befahl Buffy.

Giles riß sich zusammen und machte die Fahrertür auf. Er wollte eben einsteigen, als ein braunweißer Kojote auf das Dach des Wagens neben ihnen sprang.

„Runter!" schrie Buffy.

Giles kauerte sich auf dem Fahrersitz zusammen, während Buffy hochsprang und auf dem Bauch über das Autodach schlidderte. Mit vorgestreckten Fäusten traf sie den Kojoten, der sich gerade auf Giles stürzen wollte. Der Zusammenprall schleuderte beide gegen die Tür des nächsten Wagens.

Buffy fiel auf den Kojoten, der sich verzweifelt drehte

und wendete und versuchte, sie in die Halsschlagader zu beißen. Die Kette mit dem Kruzifix rutschte aus ihrem T-Shirt, nützte ihr aber nichts. Sie mußte das Viech so lange prügeln, bis es bewußtlos und schlaff war, etwas, das sie verabscheute. Es ähnelte so sehr einem Hund!

Buffy sprang auf die Beine und schüttelte den Kojoten ab wie einen stinkenden Pelzmantel. Sie wartete gar nicht erst ab, ob er wieder auf die Beine kam, weil sie wußte, daß seine Kumpels bestimmt schon in der Nähe lauerten und nach Blut lechzten. Buffy flitzte wieder zur Beifahrertür, riß sie mit Schwung auf und ließ sich auf den Sitz fallen.

„Los!" schrie sie außer Atem.

Giles, der sich immer noch schüttelte, ließ den Motor an. „Wohin?"

„Zum Friedhof."

„Ich hatte schon befürchtet, daß du dahin willst." Giles sah sich vorsichtig um und fuhr langsam rückwärts aus der Parklücke. Er fuhr so behutsam, als fürchtete er, jeden Moment einen Kojoten zu überrollen.

Buffy entspannte sich erst wieder, als sie die Hauptstraße erreichten und Richtung Stadt fuhren. Weit hinter ihnen lag die Kirmes, und es war nur allzu verlockend, die ganze Geschichte zu vergessen und sich unterm Bett zu verstecken. Aber das konnte sie nicht machen, auch wenn sie bei den Kämpfen mit diesen vierbeinigen Rambos nicht gerade in ihrem Element war.

„Warum auf den Friedhof?" wollte Giles wissen.

„Hier ist die Kurzfassung", legte Buffy los. „Ich wurde gefangengenommen, aber dann hatte ich Glück und wurde Hopscotch zur Bewachung übergeben. Haben Sie ihn gesehen? Er ist dieser knochige Typ. Außerdem war er derjenige, der Spurs Hardaway erschossen hat."

„Wirklich?" bemerkte Giles. „Dann will er also nicht, daß Spurs wiederkehrt. Aber ob er uns eine große Hilfe sein wird?"

„Auf keinen Fall. Er hat sich in einen Kojoten verwandelt und ist in die Hügel abgedampft." Mit besorgtem Stirnrunzeln fuhr sie fort: „Ich kann nicht sagen, daß ich's ihm nachtrage. Ich weiß nicht genau, wie wir sie aufhalten sollen, aber eines müssen wir auf jeden Fall tun – das Bärenfell holen."

„Einen Bettvorleger?" fragte Giles verwirrt.

„Nein, die Bärenhaut, die zusammen mit Spurs Hardaway beerdigt wurde. Wir müssen seinen Sarg öffnen und sie rausholen. So ungefähr das letzte, was Sunnydale gebrauchen kann, ist ein furchtbarer Hexer, der sich in einen riesigen, übernatürlich starken Grizzly verwandeln kann!"

„Tja, ich schätze, da hast du recht", sagte Giles bedrückt. „Und was ist mit Willow und Xander?"

„Ich hab sie nicht mehr gesehn. Sie etwa?"

Der Wächter schüttelte den Kopf. „Nein. Aber vielleicht sind sie auch einfach zu Hause geblieben."

„Sie haben doch Rose gesehen. Glauben Sie ernsthaft, Xander wird bei so 'ner Braut zu Hause bleiben?"

„Nein. Und Willow wird sich an seine Fersen heften, wenn es nur irgend geht."

„Sie hat ja auch alle Hände voll zu tun", murmelte Buffy.

Mit ernster Miene steuerte Giles das Auto durch die ruhigen Vorstadtstraßen. „Wir kommen dem Friedhof immer näher. Was hast du vor?"

„Wir müssen erst hier nachsehen", antwortete die Jägerin. „Um sicherzugehen, daß sie noch nicht mit ihrem Maskenball angefangen haben. Sie bleiben hier im Auto, während ich mich mal umsehe. Wenn die Luft rein ist, hol ich bei mir zu Hause ein paar Schaufeln und buddele Spurs Bärenfell aus. Und um ganz sicherzugehen, sollten wir ihm vielleicht die Gliedmaßen vom Körper abtrennen."

„Silber!" sagte Giles entschlossen. „Wir müssen uns Silberkugeln besorgen."

„Nur als letztes Mittel. Ich glaube, wir können sie aufhalten, ohne jemand dabei umzubringen." Sie öffnete die Beifahrertür und schlüpfte hinaus. „Sie warten hier im Auto – bitte keine Alleingänge mehr. Hupen Sie einfach, wenn's Ärger gibt."

„Mach ich", antwortete Giles, während er nervös die ruhige Straße und den Friedhof beobachtete, der unter dem Schein des vollen Mondes lag. Rasch verriegelte er die Türen.

Buffy joggte auf den Zaun zu und machte sich zum Sprung über die Eisenspitzen bereit, die den gesamten Friedhof umgaben. Als sie gerade abheben wollte, erklang hinter ihr schrilles Hupen. Buffy stoppte im letzten Augenblick und krachte mit voller Wucht in den Zaun. Sie fuhr herum und wollte Giles schon heftig anbrüllen, als sie ihn wild gestikulierend auf die Straße deuten sah.

Dort jagte ein wunderschöner Irish Setter heran. Drei Kojoten waren ihm dicht auf den Fersen. Der verängstigte Hund versuchte, seinen Verfolgern durch Hakenschlagen zu entkommen, doch die schlauen Jäger schnitten ihm immer wieder den Weg ab und hielten ihn auf der Straßenmitte. Der Setter war größer als die Kojoten und genauso schnell, aber mit seinem gepflegten Fell ein Haushund, der seinen fauchenden Verfolgern in keinster Weise gewachsen war. Früher oder später würden sie ihn erwischen.

Giles stieg aus dem Wagen und stellte sich mit wedelnden Armen den Kojoten und ihrer Beute entgegen. „Pfui! Kusch!" schrie er.

Wieder einmal zeigten die Kojoten ihr zwar schlechtes, aber übliches Benehmen. Sobald sie Giles sahen, brachen sie die Jagd ab und verbargen sich hinter den großen Alleebäumen, um das weitere Geschehen aus sicherer Entfernung zu beobachten. Atemlos rannte der arme Setter weiter zu Buffy und Giles, und das Mädchen bückte sich, um das Tier schützend in die Arme zu nehmen. „Komm her, Mädchen", sagte sie sanft. Dankbar sprang der Hund in ihre Arme, und Buffy streichelte ihm das seidige Fell. Das Tier zitterte und atmete so hastig, daß es einem Kollaps nahe schien.

„Oh, du armes Mädchen", sagte Buffy mitleidig, während sie argwöhnisch jede Bewegung der drei räudigen Kojoten beobachtete.

„Woher weißt du, daß es eine Sie ist?" fragte Giles.

Buffy zuckte die Achseln. „Weiß nicht, sie hat so was an sich."

„Glaubst du, daß diese drei da echte Kojoten sind?" meinte Giles. „Sie scheinen mir nicht so angriffslustig zu sein wie die andere Abart."

„Ich weiß es nicht", gab Buffy zu. „Wir sollten aber kein Risiko eingehen. Und ich hatte Ihnen doch gesagt, daß Sie im Wagen bleiben sollen!"

Giles zog entrüstet einen Schmollmund. „Es ist ziemlich schwer, einfach nur zuzusehen, wie ein so schönes Tier von Kojoten übel zugerichtet wird."

„Tja, das find ich auch." Buffy tätschelte den Hals des Setters, und da erst fiel ihr auf, daß der Hund kein Halsband und keine Hundemarke trug. Vielleicht hatte er das Halsband während der Jagd verloren, vielleicht war es auch in einem Zaun steckengeblieben. Ein Hund in Panik kann das Halsband leicht abstreifen.

Doch dann fiel Buffy noch etwas auf: das Tier stank. Es stank, als hätte es ziemlich lange kein Bad mehr gesehen. Die Alarmhärchen auf Buffys Nacken begannen sich gerade aufzurichten, als der Hund auch schon mit giftigem Knurren herumfuhr und sie in den Unterarm biß.

„Aaaah!" schrie Buffy entsetzt und versuchte, ihren Arm aus den erbarmungslosen Kiefern zu befreien.

Giles schlug vor Schreck über den unerwarteten und feigen Angriff die Hände über dem Kopf zusammen. So wurde er nicht gewahr, daß die drei Kojoten auf den Hinterbeinen herumfuhren und wieder zum Angriff übergingen. Es war eine gezielte Attacke: zwei übernahmen Giles, während der dritte dem Hund zu Hilfe kam. Nur, daß es eben kein *echter* Hund war, wie Buffy zu spät gemerkt hatte.

Wenn sie die passenden Häute hatten, konnten sich Skinwalkers in jedes *Tier verwandeln!*

Hilflos mußte Buffy zusehen, wie zwei behende Kojoten Giles ansprangen und ihn zu Boden warfen. Als der dritte Kojote einen Ausfall gegen sie unternahm, schlug sie mit der freien Hand zu und wirbelte ihn herum wie einen behaarten Bumerang. Aber der Irish Setter ließ von ihrem anderen Arm nicht ab.

Giles' Schreie zerrissen die Nacht, während er von den übernatürlichen Wesen übel zugerichtet wurde!

9

Auf einen Hund, der in Wirklichkeit gar kein Hund war, ihr aber trotzdem den Arm abknabbern wollte, konnte Buffy furchtbar böse werden. Sie beugte sich herab und biß den Setter brutal in seine empfindliche Schnauze. Mit aller Kraft versuchte sie, diesem Wer-Hund die Nase abzubeißen.

Als die Kreatur aufjaulte und Buffys Arm fahrenließ, schwang sie die andere Faust wie einen Vorschlaghammer und drosch dem Tier krachend auf den Kopf. Es wurde schlaff und blieb, alle viere von sich streckend, auf dem Boden liegen. Per Fußtritt beförderte die Jägerin es drei Meter weiter.

Als der Setter in den Straßengraben rollte, sah er für einen Augenblick wie ein rothaariges Mädchen aus – Roses Vertreterin am Wasserbassin! Dann aber schüttelte das Ungeheuer die Benommenheit ab und wurde wieder zu einem harmlos aussehenden Hund. Buffy hatte keine Zeit, diese verrückte Verwandlung zu bestaunen, denn da war immer noch Giles, der sich allein gegen die Kojoten nicht wehren konnte.

Zwei der Angreifer waren zwar schon leicht benommen, aber da waren noch zwei hinzugekommen, die nun mit dem Bibliothekar rangen und versuchten, ihm den Pullover zu zerreißen. Buffy raste über den Bürgersteig und traf sie im Sprung mit den Füßen voran – die Raubtiere flogen sechs Meter weit und landeten auf einem Haufen. Buffy nahm eine Bewegung im Augenwinkel wahr, fuhr herum und versetzte dem ersten Kojoten, der sich von hinten anzuschleichen versucht hatte, einen heftigen Hieb.

Sie hockte sich schützend vor Giles und behielt die vier

Biester im Auge. Sie waren zwar etwas benommen und müde, konnten aber immer noch wütend knurren.

„Das war ja 'n netter Trick, den ihr da mit uns abgezogen habt! Da habt ihr uns ja fein reingelegt!" schimpfte Buffy und reckte ihnen wütend die Faust entgegen. „Ich wette, wenn ihr Menschenhäute hättet, könntet ihr sogar wieder richtig menschlich sein!"

Die Kojoten schnappten nach ihr und knurrten vernehmlich, aber nun, da sie den Vorteil des Überraschungsangriffs nicht mehr ausnutzen konnten, waren sie vorsichtig. Buffy blickte auf Giles herab, der zwar von Blut überströmt war, aber am Leben. Er stöhnte, wälzte sich herum und hob seine Brille auf.

„Ins Auto!" befahl Buffy. „Sofort ins Auto!"

„Gern", murmelte der lädierte Bibliothekar und kroch auf allen vieren zur Tür seiner Limousine. Während die Kojoten wachsam um sie herumstrichen, führte Buffy Scheinhiebe nach allen Seiten, und Giles quälte sich hinter das Lenkrad. Mit zitternder Hand schlug er die Tür zu.

Mit wütendem Blick auf die Monster ging die Jägerin langsam rückwärts zur Beifahrertür. Ihr verwundeter Arm begann allmählich schmerzhaft zu pochen.

„Ich hab die Schnauze voll von euch Pelzknäueln! Echt!" warnte sie die Tiere. „Ich hab mit der Anti-Pelz-Kampagne nichts am Hut – werde euch alle miteinander zu 'nem Müllbeutel mit Pelzfutter verarbeiten!"

Die Kojoten knurrten tapfer als Antwort, aber sie griffen nicht mehr an, als Buffy in Giles' Wagen schlüpfte. Warum auch? Sie hatten erreicht, was sie wollten, hatten die Eindringlinge vom Friedhof verjagt und den Platz, wo die geheiligte Zeremonie stattfinden sollte, verteidigt. Um das zu tun, hatten sie sich übler Tricks bedient, aber das war das normale miese Verhalten von Kojoten.

Giles ließ den Motor an und trat ärgerlich aufs Gas, worauf die Kojoten wegflitzten. Auf seinem zerfetzten

Hemd waren eine Menge Blutflecken, aber er schien nicht schwer verletzt zu sein.

„Können Sie fahren?“ fragte Buffy.

„Ich fühl mich etwas schwach, aber ich denke, es wird gehen.“ Stirnrunzelnd betrachtete er die Bißmale auf Buffys Arm. „Wir sollten ins Krankenhaus fahren. Wahrscheinlich müssen wir beide genäht werden.“

Buffy schluckte. „Wir werden uns doch nicht in so was wie Wer-Kojoten verwandeln, oder?“

Langsam glitt das Auto von der Bordsteinkante weg. Giles schüttelte den Kopf. „Nein, das ist ja kein Fluch, wie er von Werwölfen immer berichtet wird. Diese Leute von der Kirmes haben hart an sich gearbeitet, um zu lernen, wie sie ihre Gestalt verändern können, und außerdem haben sie ja schon hundert Jahre Übung darin.“

Buffy drehte sich um und schaute nach den Wer-Kojoten und dem Wer-Setter, aber die Tiere waren in der Dunkelheit des Friedhofs verschwunden. Sie blickte zum Himmel hinauf und suchte den Mond, aber er stand zu hoch oben, das Autodach versperrte ihr die Sicht. *Auch egal*, dachte Buffy. Erschöpft ließ sie sich in den Sitz zurücksinken und versuchte, den pulsierenden Schmerz im Arm zu ignorieren.

„Ich kenne einen Arzt, der uns zusammenflicken könnte“, schlug Giles vor. „So müssen wir nicht ins Krankenhaus, wo wir ja doch nur Aufsehen erregen würden.“

„Das ist auch gut so, denn bis Mitternacht müssen wir wieder auf der Kirmes sein“, sagte Buffy zähneknirschend. „Wir müssen Willow, Xander und wer weiß wen noch aus den Klauen dieser Typen befreien. Vielleicht können *Sie* ihnen ja 'n bißchen Vernunft einhämmern. Hopscotch meinte, sie müßten aus freien Stücken zu den Kirmesleuten kommen.“

„Was sie ja auch tun.“ Verzweifelt schüttelte Giles den Kopf. „Unsere Gegner sind gerissen und gefährlich, und sie wissen, daß nur *du* sie aufhalten kannst.“

„Na, das ist ja nicht gerade neu", sagte Buffy achselzuckend. „Aber das Verrückte ist – wenn sie Kojoten sind, dann benehmen sie sich auch wie Tiere. Und dann sollten wir ihnen eigentlich verstandesmäßig überlegen sein."

„Du meinst, sie könnten eine instinktbedingte Schwäche haben, die wir dann ausnutzen?"

„Genau. Wir müssen auch mit üblen Tricks arbeiten, oder der nächste Bürgermeister von Sunnydale wird ein Wer-Bär."

Giles nickte ernst und steuerte weiter durch verlassene Straßen, während Coyote Moon, der jetzt die bleiche Farbe eines Schädels hatte, auf sie herabschien.

„Einer Bitte der Feuerwehr folgend wird die Kirmes in fünf Minuten schließen!" verkündete eine Stimme über Lautsprecher. Willow blickte auf, sie hatte Lonnies schleppenden Akzent erkannt. Das zahlende Publikum rings um sie stöhnte auf – es hatte noch lange nicht genug gefeiert. Obwohl es schon fünf vor halb zwölf war, schob sich noch eine beachtliche Menschenmenge über die Mittelgasse.

„Wenn Sie noch Fahrchips haben, kommen Sie morgen wieder!" lud die freundliche Stimme ein. „Fahrgeschäfte und Spielbuden schließen in fünf Minuten. Vielen Dank für Ihren Besuch!" Mit einem Knacken wurde die Stimme aus- und Surfermusik wieder eingeschaltet.

„Endlich!" Xander grinste über beide Backen, während er den riesigen Plüschtiger umarmte, den er gewonnen hatte. Willow wußte, wen er sich in seinen Armen vorstellte. Sie bemühte sich, ihr aufgesetztes Lächeln nicht zu verlieren, aber es fiel schwer.

Sie hatten in halsbrecherischem Tempo eine Runde gedreht und fast sechzig Dollar von Willows Pokergeld wieder ausgegeben. Aber der Spaß war es wert gewesen, sie hatten viele Spiele gemacht, waren auf einigen Bahnen gefahren und hatten zuviel ungesundes Zeug gegessen.

Wenn doch nur das Leben so einfach wäre – sie und Xander in trauter Zweisamkeit, wie ein ganz normales Pärchen. Wozu brauchten sie dann noch Lonnie und Rose?

Einen kurzen klaren Moment lang dachte Willow daran, Xander zu entführen, bevor Rose erschien – und er wieder zu Wachs in ihren Händen wurde.

„Xander", begann sie zögernd, „was ist, wenn Buffy doch recht hat und mit diesen Leuten wirklich was nicht stimmt?"

Xander lächelte sie fröhlich an. „Hey, Willow, weißt du was? Wenn du kalte Füße kriegst und 'nen Rückzieher machen willst, bitte schön. Du hast ja genug Kohle, um dir 'n Taxi zu leisten." Er griff in die Tasche, wühlte herum und förderte einen Vierteldollar zutage. „Hey, ich spendier dir sogar das Taxi!"

Willow versuchte, nicht zu zeigen, wie beleidigt sie war. „Du willst, daß ich abhaue, damit's kein Doppeldate wird."

„*Bingo.* Ich mag Lonnie, aber wir brauchen ihn nicht. Rose und ich können auch allein Spaß haben, wenn du verstehst, was ich meine."

Willow räusperte sich. „Ist dir je der Gedanke gekommen, daß man vielleicht für diesen Sommerflirt bezahlen muß? Ich meine, auf dieser Kirmes ist ja nichts *umsonst*."

Für einen Augenblick verdunkelte sich Xanders Miene, was er mit einem nervösen Kichern zu überspielen versuchte. „Tja, was könnte das nur sein?"

„Hör mal", beharrte Willow, „jetzt spuck's schon aus. Was soll es dich kosten?"

Xander rieb sich nachdenklich das Kinn. „Ich möchte dich mal was fragen, und bitte, gib mir 'ne ehrliche Antwort. Wo, glaubst du, sollte 'n Kerl sich am ehesten tätowieren lassen?"

Willow zog die Stirn kraus. *Erst ein Bärtchen, dann ein Tattoo? Was kommt als nächstes – 'ne Harley?* Sie fuchtelte wild mit den Händen herum, während sie nach einer Antwort suchte. „Irgendwo, wo es niemand sieht. Vielleicht auf deinem . . . um deinen . . . auf deiner Fußsohle!"

„Au!" stöhnte Xander bei dem bloßen Gedanken. „Was tun wir nicht alles für unsere Liebsten."

Willow seufzte und beobachtete die aufgeregten Teenager, die geradezu einen Tumult veranstalteten, während sie versuchten, noch das letzte bißchen Spaß aus dem Abend herauszupressen. Diejenigen, die nicht mit Freund oder Freundin gekommen waren, suchten sich jetzt noch rasch jemanden, oder versuchten es zumindest. Reine Jungen- oder Mädchengruppen waren plötzlich kleiner geworden und wirkten irgendwie verbissen.

Willow blickte Xander an und dachte, daß der schwerste Teil des Abends noch vor ihr lag: Sie mußte zusehen, wie Rose und er einander befummelten. Sie selber würde von Lonnie befummelt, während Xander in unmittelbarer Nähe war, und der Gedanke daran war verwirrend und gleichzeitig erregend. Aber dennoch kam es ihr falsch vor, wie ein Schwindel, den sie noch nicht aufgedeckt hatte.

Sie senkte ihre Stimme, auch wenn es im Lärm der Kirmes kaum nötig war. „Du weißt doch, Buffy hat 'nen guten Instinkt. Was ist nun, wenn sie recht hat – was ist, wenn wirklich etwas nicht stimmt -"

„Das einzige, was mit Rose nicht stimmt, ist, daß sie schon bald wieder weg ist", seufzte Xander. In seinen Augen schimmerte es verdächtig.

„Ich mein'es ernst!"

Xander grinste unverschämt. „Hey, ich find's toll, daß Buffy zur Abwechslung mal auf *uns* eifersüchtig ist. Ich glaub, es tut ihr gut, mal auf 'n normales Maß zurückgestutzt zu werden. Ich hab schon gemerkt, daß sie klug genug war, heute nicht herzukommen und sich wieder zum Narren zu machen. Und wenn wir angeblich in solcher Gefahr schweben, wo zum Teufel steckt sie dann bloß?"

„Ich weiß es nicht", gab Willow zu. „Ich glaub, ich hab mich doch geirrt."

Plötzlich sprang Xander auf und winkte wie verrückt. „Hier sind wir!"

Während der Hot dog langsam in ihrem Magen zu tanzen begann, drehte Willow sich um. Prompt wurde ihr noch schlechter. Da kam Rose auf sie zugestöckelt und trug ein hautenges Kleid mit Leopardenmuster, Netzstrümpfe und Pfennigabsätze. Männerköpfe fuhren herum, und lüsterne Augen folgten ihr wie der Wellenspur eines Luxusdampfers. Sie trug eine sehr große Handtasche mit Verschluß – vielleicht schleppte sie ja eine Bowlingkugel mit sich herum.

„Warum läßt du dir das Tattoo nicht direkt auf die Stirn machen?" schlug Willow vor.

„Klasse Idee", erwiderte Xander, der ihr nicht einmal zugehört hatte. Er nahm nichts wahr außer Rose, die aufreizend langsam auf ihn zuschlenderte.

Als sie näher kam, drückte Xander das Plüschtier Willow in die Arme, um für das vollbusige Karnevalsmädchen Platz zu schaffen. „Du siehst einfach wunderschön aus!" schwärmte er.

Er versuchte, die Arme um sie zu legen, aber Rose schob ihn neckend von sich. „Hier sehen ja alle zu. Später haben wir doch noch genug Zeit."

Willow schluckte hart. „Dein Kleid ist . . . irre."

„Danke", antwortete Rose. „Hab es aus 'nem Varieté in Abilene."

„Wunderschön", wiederholte Xander.

„Gibt's etwa immer noch Varietés in Abilene?" fragte Willow verblüfft. „Ich dachte, diese Dinger wären schon in den fünfziger Jahren aus der Mode gekommen."

Rose bedachte sie mit einem kehligen Lachen. „Es läuft ja auch nicht mehr – ist mehr so ein Varietémuseum."

„Du meinst, irgendeine Stripteasetänzerin hat dieses Outfit mal getragen?" fragte Xander sichtlich beeindruckt.

Rose lächelte. „Könnte man sagen."

„Wo gehen wir denn hin?" fragte Willow, um das Thema zu wechseln.

„Ich weiß es nicht", erwiderte die Schaustellerin. „Laßt uns einfach abwarten, was Lonnie vorhat. Er hat den Pickup. Xander, mein Armer, du mußt wahrscheinlich hinten sitzen, auf der Ladefläche."

„Das macht nichts", meinte Xander tapfer. „Wenn ich mir dann 'n paar Beulen hole, wirst du sie küssen und machen, daß sie weggehen?"

„Natürlich, Baby", gurrte sie und tätschelte seine Wange.

Der Hot dog wollte so dringend Willows Magen entkommen wie sie selbst Roses Gegenwart, aber keinem von beiden wurde der Wunsch erfüllt. Es war nur allzu deutlich, daß Xander Rose überallhin folgen würde, selbst wenn er an eine Kette gefesselt hinter dem Pickup hergezogen wurde.

„Du willst also die Sehenswürdigkeiten von Sunnydale bestaunen?" fragte Xander und tippte sich nachdenklich gegen das Kinn. „Das könnte aber 'ne kurze Fahrt werden. Da gibt es das *Bronze,* das ist 'n ganz cooler Club, auch wenn sie jeden reinlassen. Dann gibt's 'n schäbiges Einkaufszentrum, einen einsamen Coffee-Shop und die Carrerabahn – die hat vielleicht noch offen. Und natürlich gibt's die üblichen historischen Stätten zu bewundern."

„Historische Stätten", meinte Rose und zog vielsagend eine dunkle Braue hoch. „Solche Altertümer haben mich immer schon angeturnt."

„Echt?" fragte Xander aufgeregt. „Es gibt 'n paar alte Ruinen auf dem Flagpole Hill – vielleicht haben da ja sogar *Höhlenmenschen* gelebt."

„Es ist ein altes Armeedepot", stellte Willow richtig. „Aus dem Zweiten Weltkrieg."

„Das ist schon lange her", sagte Rose sehnsüchtig. Sie

blickte zum Mond, der hoch über ihnen stand. „Aber lange wird es nicht mehr dauern."

Bevor Willow nach der Bedeutung dieser seltsamen Bemerkung fragen konnte, gingen die bunten Lichter am ‚Oktopus' aus und das Riesenrad kam knirschend zum Stehen. Nacheinander stellten die Mammutmaschinen auf der Mittelgasse ihren Betrieb ein, und die Lichter erloschen. Die laute Rockmusik wurde langsam ausgeblendet, und aus den Lautsprechern klang nur noch Rauschen. Sogar die Dampforgel auf dem Kettenkarussell schwieg. Die Mastspitzen blieben beleuchtet, damit die Leute den Weg hinaus leichter fanden, aber über die Kirmes senkte sich Grabesstille.

„Danke für Ihr zahlreiches Erscheinen!" tönte Lonnies Stimme über Lautsprecher. „Wir haben jeden Tag von achtzehn Uhr bis Mitternacht geöffnet. Besuchen Sie uns mal wieder!"

Zum ersten Mal an diesem Abend war es relativ still, während das Publikum gewonnene Poster, Plüschtiere und vergessene Verabredungen einsammelte und langsam dem Ausgang zustrebte. Manch einer winkte Rose zu, und sie winkte zurück. *In dieser seltsamen Stadt aus Pappmaché ist Rose wirklich eine Berühmtheit*, dachte Willow. Wenn die Kirmes ihre Pforten schloß, war es fast, als habe Rose keine eigene Persönlichkeit mehr – wenn sie nicht gerade das Kostüm einer Stripteasetänzerin aus den fünfziger Jahren trug.

Obwohl die Schausteller irre Typen waren, hatte Buffy doch recht – sie waren *ziemlich* seltsam.

Plötzlich wurde Willow von einem irrationalen Angstanfall heimgesucht, und sie wünschte, sie könnte jetzt sofort mit den anderen Besuchern zum Ausgang rennen. Doch dann sah sie Xander an, der Rose schöne Augen machte, und begriff, daß sie auf ihn aufpassen mußte. Zumindest durfte er kein verrücktes Tattoo verpaßt bekommen – wenn er mit so was nach Hause kam, würde er monatelang Hausarrest kriegen.

Jemand pfiff fröhlich vor sich hin. Willow drehte sich um und sah Lonnie daherkommen. Auch er hatte sich nach Art der Kirmesleute ausgehfein gemacht – er trug einen weißen Cowboyhut, ein prächtiges Rodeohemd, einen silberbeschlagenen Gürtel, saubere Jeans und glänzende Cowboystiefel. In der Hand hielt er einen schmutzigen Matchsack. Willow überlegte, ob er wohl glaubte, sie gingen auf einen Squaredance oder vielleicht zum Workout in die Turnhalle.

„Lonnie, alter Kumpel!" Xander versuchte immer, den lockeren Umgangston der Kirmesleute zu treffen. Ihre lässige Haltung kriegte er auch schon ganz gut hin, aber es würde noch Jahre dauern, bis er mit einem akzeptablen Dreitagebart aufwarten konnte. Jedesmal, wenn Willow Lonnie zu Gesicht kriegte, kam er ihr er noch behaarter vor. Irgendwie war ihr das unheimlich.

Frech legte er ihr sogleich den Arm um die schlanke Taille. „Hey, woll'n wir jetzt loslegen oder nicht?"

„Wir überlegten gerade, wohin wir gehen", erklärte Rose. „Xander hat von ein paar historischen Stätten erzählt."

„Die Wahrheit ist, unsere historischen Stätten reißen einen nicht gerade vom Hocker", warnte Xander. „Falls du nicht gerade von uralten Kanonen angeturnt wirst."

Lonnie lachte auf. „Manchmal schon."

„Was ist denn in dem Sack?" fragte Willow beiläufig.

Lonnie hielt den alten Matchsack hoch. „Bloß etwas, das die Party anheizen wird. Ich zeig's euch später."

„Wißt ihr, worauf ich wirklich stehe?" fragte Rose mit einem Zwinkern in den dunklen Augen. „Auf Friedhöfe."

Xander stieß ein nervöses Lachen aus. „Ehrlich? Friedhöfe?"

„Wie ich hörte, gibt's in dieser Stadt einen wirklich coolen alten Friedhof", meinte Lonnie.

„Wie wär's denn mit dem alten Gerichtsgebäude?" warf Willow ein. „Ist ein klassisches Beispiel für wiedererweckten griechischen Stil."

Lonnie warf ihr einen stechenden Blick aus seinen blauen Augen zu. „Nach dem Friedhof, okay? Jetzt sind wir die Gäste, stimmt's?"

„Genau!" drückte Xander nach und warf Willow einen warnenden Blick zu. „Auf dem Friedhof ist es dunkel und ruhig – und mir ist das genau recht so!"

Hast du schon vergessen, was das letzte Mal auf diesem Friedhof geschehen ist? wollte Willow schreien. Aber sie sagte nichts. Immerhin konnten Rose und Lonnie keine Vampire sein – sie liefen im Tageslicht herum wie andere Menschen auch. Und sie tranken Rootbeer, kein Blut.

„Zum Wagen geht's hier lang", zeigte Lonnie und schob Willow zwischen der verdunkelten Geisterbahn und dem verrammelten Fahrchips-Schalter hindurch. „Xander und dein Plüschtiger müssen mit den hinteren Plätzen vorliebnehmen. Du kannst vorne neben mir sitzen."

„Okay", antwortete Willow in kläglichem Ton. Sie wollte wirklich am liebsten in die Hügel flüchten und diesem seltsamen Doppeldate entkommen, aber Lonnie hielt sie mit festem Griff untergehakt. Hinter ihnen giggelte Rose. Als Willow den Kopf drehte, sah sie, daß Rose und Xander eng aneinandergeschmiegt dahergingen.

Es wäre doch nicht nett, jetzt die Verabredung abzusagen, redete sie sich zu. *Es betrifft einfach zu viele Leute.*

Trotz ihrer Befürchtungen folgte Willow Lonnie durch die immer länger werdenden Schatten hinter den Kulissen. Ein paar Meter vor ihnen stand ein zerbeulter Pickup, und nun sollte sie mit einem Wanderarbeiter, der auf einer Kirmes malochte, dort einsteigen und auf den Friedhof fahren? Aber immerhin waren sie in vertrauter Umgebung, und Xander war ja dabei.

Diese Verabredung ist doch nicht so verrückt, oder?

Als sie auf den Wagen zugingen, studierte Willow Lonnies Gesicht unter dem Cowboyhut, und er schenkte ihr sein Lächeln mit den zwei Grübchen. Sie hoffte inständig, daß er der nette Typ war, der er zu sein schien.

In einer kleinen Praxis im Erdgeschoß eines zauberhaften Einfamilienhauses versorgte ein alteingesessener freundlicher Landarzt die Patienten. Der weißhaarige Medikus fixierte mit ein paar Klebestreifen eine Bandage, mit der er eine Schnittwunde bedeckt hatte, die es nicht lohnte, genäht zu werden. Dann umwickelte er Buffys Unterarm mit weichen Mullbinden und klebte die ebenfalls fest.

Dr. Henshaw lächelte müde. „Das wird für heute Nacht noch genügen, aber morgen müssen Sie zurückkommen und den Verband wechseln lassen."

„Okay", versprach Buffy und schaute nervös auf die Uhr am anderen Handgelenk.

„Und seien Sie ja vorsichtig", warnte der Arzt. „Keine körperliche Anstrengung, sonst reißen die Nähte wieder auf. Das gilt auch für Sie, Giles."

Der Bibliothekar nickte ernst. Er trug einen schützenden Verband über der Brust, wo er die meisten Verletzungen abbekommen hatte. Mit schmerzverzerrtem Gesicht streifte er ein altes Flanellhemd über, das der Arzt ihm geliehen hatte.

„Die Tetanusspritzen können ein bißchen benommen machen", fuhr Dr. Henshaw fort. „Gehen Sie besser direkt nach Haus und ins Bett. Wissen Sie, in vierzig Jahren Praxis in dieser Stadt hab ich ja schon viele seltsame Dinge gesehen, aber noch nie jemanden, der von einem Kojoten gebissen wurde."

„Wir waren zur falschen Zeit am falschen Ort", erklärte

Buffy mit hilflosem Achselzucken. „Wir versuchten, einen Hund vor dem Angriff der Biester zu retten – das war einfach blöd."

„Das war es", bestätigte Giles und knöpfte sein Hemd zu. „Danke, Dr. Henshaw, daß Sie uns so spät noch behandelt haben."

Der alte Landarzt stand auf und reckte sich. „Das ist doch Ehrensache, Giles. Wie oft haben Sie mir geholfen, irgendwelche obskuren Zeitschriften und Pamphlete auszugraben." Er wandte sich erklärend an Buffy. „Ich interessiere mich für ganzheitliche Medizin, wie sie um die Jahrhundertwende praktiziert wurde, und Giles ist ja ein wahrer Quell des Wissens."

„Tja, nicht wahr?" meinte Buffy. Dann sprang sie auf. „Vielen Dank, Dr. Henshaw, aber wir müssen jetzt los. Ich sollte schon längst im Bett liegen, wissen Sie."

Der Arzt begleitete sie zur Haustür. „Nehmen Sie eine Schmerztablette, dann wird die Schwellung nicht so schlimm. Und denken Sie dran, ich will Sie beide morgen hier wiedersehen."

„Glauben Sie mir, wir werden sehr froh sein, wenn wir morgen wieder hier aufkreuzen", versicherte Buffy ihm.

„Ja, in der Tat", meinte Giles. „Bis morgen also."

Sie liefen aus dem Haus und die Treppe hinunter. Buffy fühlte sich ein bißchen benommen von den Spritzen, aber sie versuchte, das zu verdrängen. Nachdem sie ein letztes Mal dem Arzt zugewinkt hatten, stiegen sie in Giles' Auto, und er ließ den Motor an.

„Sie müssen mich jetzt nach Haus fahren", sagte Buffy, während sie es sich im Sitz bequem machte.

„Bist du denn fertig für heute?" fragte der Wächter fassungslos.

„Noch nicht. Ich fühl mich zwar wie ausgebrannt, will aber trotzdem noch auf die Rolle. Nein, im Ernst – ich will nach Hause und eine Waffe holen."

Mit kreischenden Reifen schoß der Wagen los. „Was für eine Waffe hast du denn zu Hause?"

„Eine Waffe gegen Wer-Kojoten", murmelte Buffy. „Und Sie müssen auch etwas finden, das wir gegen die Biester einsetzen können. Unsere übliche Ausrüstung – Pflöcke, Weihwasser und Kruzifixe – hilft uns hier nicht weiter. Und erzählen Sie mir nicht, daß Sie die ganzen Viecher mit Silberkugeln durchlöchern wollen. Unsere Freunde werden mit ihnen zusammensein, und ich möchte nicht, daß die ganze Geschichte zu 'nem Actionspektakel ausartet."

„Ich hab mir den Kopf zerbrochen, was wir tun können", sagte Giles, während er die stille, von Bäumen gesäumte Straße herunterdonnerte. „Da gibt es noch eine Möglichkeit. Ich hab dir das nie erzählt, aber früher habe ich mal Hunde gezüchtet – für die Fuchsjagd."

„Ach nein!"

„Ich besitze eine Hundepfeife. Menschen können so eine Pfeife ja nicht hören. Ich frag mich, ob die wohl bei Kojoten etwas nützt . . ."

„Wer weiß? Einen Versuch ist es wert. Mit dieser Pfeife könnten Sie sie von überall her zusammenrufen, stimmt's?"

„Theoretisch müßten sie zu demjenigen kommen, der die Pfeife bläst. Aber Kojoten sind unberechenbar." Giles nahm Tempo weg, um eine Kurve zu kriegen.

„Aber wenn einige von ihnen Menschen wären, könnten sie die Pfeife nicht hören und würden nicht mitkriegen, was läuft", betonte Buffy. „Da ist mein Haus."

„Ich weiß. Bitte beeil dich mit deiner Geheimwaffe." Giles ließ den Wagen vor Buffys Mittelklasseheim ausrollen, das zu dieser mitternächtlichen Stunde dunkel und still dalag.

Buffy stieg aus dem Wagen und drückte die Tür leise hinter sich zu. Sie trabte zur Haustür, suchte ihren

Schlüssel und schloß auf. Zum Glück befand sich die Geheimwaffe im Eßzimmer, das zur Straßenseite hin lag. Wenn Mom sie überhaupt hörte, würde sie einfach annehmen, daß Buffy jetzt erst nach Hause gekommen war. *Und wie ich Mom kenne, spart sie sich die Strafpredigt bis morgen auf.*

In weniger als einer Minute saß Buffy wieder im Wagen. Sie trug jetzt eine saubere Jacke, unter der sie etwas versteckte.

„Laß mal sehen", sagte Giles neugierig.

Buffy grinste und zeigte ihm ein elegantes silbernes Tranchiermesser, auf dessen Griff ein ‚S' eingraviert war. „Ich hab doch immer gewußt, daß dieses Sterlingsilber eines Tages noch zu was gut ist."

Besorgt runzelte Giles die Stirn. „Da mußt du aber furchtbar nah an die Biester herankommen, um das Ding überhaupt benutzen zu können."

„Jedesmal, wenn ich diese Kojoten treffe, komm ich furchtbar nah an sie ran. Wir könnten glatt 'nen Werbespot für Antitranspirants machen."

„Dann fahren wir jetzt zu mir", sagte Giles und warf wieder den Motor an.

Fünf Minuten später kam der Bibliothekar aus seinem winzigen Bungalow gerannt. Um seinen Hals hing eine Hundepfeife an einer Kette.

Keuchend sprang er ins Auto. „Ich hab noch nach Silberkugeln gesucht, konnte aber keine finden. Erinnere mich daran, daß ich bald welche bestelle."

„Aus dem Monstervertilgungsmittel-Katalog, was?" neckte Buffy. Dann blickte sie grimmig auf ihre Uhr. „Wir können's noch bis Mitternacht zur Kirmes schaffen. Schalten Sie bitte auf Lichtgeschwindigkeit!"

Der Wächter rammte den Gang ins Getriebe und schoß die Straße herunter. Nach ein paar Minuten Fahrt in einem für Giles eher unüblichen Tempo donnerten sie auf das leere Grundstück mit der Kirmes zu. Sie sahen Lichter – aber nur ein paar – und nur eine Handvoll Autos entlang der einsamen Landstraße stehen. Keines der Fahrgeschäfte war mehr in Betrieb. Der Platz lag verlassen da, nur ein paar Nachzügler hingen noch herum. In der Dunkelheit wirkten die seltsamen Türmchen, Gebäude und Kabel wie ein Gefängnis in einer fremden Welt.

„Was geht denn hier ab?" Buffy sprang aus dem Wagen. Ungläubig blickte sie wieder auf die Armbanduhr. „Wie spät haben Sie's?"

„Fünf Minuten vor Mitternacht." Giles stieg ebenfalls aus und starrte fassungslos auf die stillen Karussells und verdunkelten Buden. Vor zwei Stunden noch war diese Geisterstadt von Kreischen, Musik und jugendlichem Überschwang erfüllt gewesen. Nun war sie verblaßt und alles Leben aus ihr entwichen – wie eine Leiche.

Buffy sah ein paar Kids in einem alten Cabrio rumhängen und die Sterne begucken. „Was iss'n hier los? Haben die früher zugemacht?" schrie sie ihnen zu.

„Ja, um halb zwölf!" brüllte einer zurück. „Blöde Feuerwehr!"

„Oh, Mann!" brummte Buffy. „Jetzt sind sie unterwegs mit Xander, Willow und all den anderen liebeskranken Idioten."

„Danke!" rief Giles höflich zu den Kids im Cabrio hinüber. „Sind denn noch irgendwelche von den Leuten da, die hier arbeiten?"

„Ich glaub, die meisten von denen sind auch abgehauen."

Buffy blickte zum Himmel auf und sah Coyote Moon, der wie eine japanische Papierlaterne glühte. Sein Gesicht schien sie auszulachen.

10

Wenn man sich schon den ganzen Tag mit Junk food vollgestopft hatte, schien es genau das richtige, noch mehr Junk food einzuwerfen: Lonnie steuerte die Eisdiele an. Obwohl Willow ja durchaus flüssig war, bestand er darauf, alle einzuladen. Mit phantasievoll garnierten Eishörnchen bewaffnet machten sich die wilden vier auf den Weg zum Friedhof. Willow saß vorn bei Rose und Lonnie im Führerhaus.

Dank der abgenutzten Stoßdämpfer hatte Xander auf der Ladefläche einiges zu erdulden, aber er hatte ja seinen weichen Plüschtiger, um die ärgsten Stöße aufzufangen.

Willow mußte zugeben, daß sie sich besser fühlte, seit sie das Eis hatte, auch wenn ihr beanspruchter Magen dagegen revoltierte. Ein Eis zu kaufen war so etwas Alltägliches, daß es ihr nun auch nicht mehr viel ausmachte, zum Friedhof zu fahren. Lonnie, so bemerkte sie, hatte sein Eis auch kaum angerührt.

Sein Matchsack stand zwischen ihren Füßen, und sie war ernsthaft versucht, den Reißverschluß aufzuziehen und einen Blick auf den Inhalt zu werfen. Behutsam fühlte sie mit den Zehen und vermutete Kleider darin, vielleicht auch eine Decke. *Ja, eine Decke gehört bestimmt zu seiner üblichen Ausrüstung.* Vorsichtig schleckte sie an ihrem Eis.

Zu ihrer Rechten verschlang Rose das ganze Eis, sogar das Hörnchen aus Zuckerguß.

„Hast du Hunger?" erkundigte sich Willow.

„Immer", schnurrte Rose. Und als sei ihr ein überraschender Gedanke gekommen, blickte sie Willow abschätzend an. „Weißt du, du könntest sogar ganz nett aussehen, wenn du so was wie einen Stil entwickeln würdest."

„Haben mir andere auch schon gesagt", gab Willow zurück. „Meine Freundin Buffy -"

„Grrr“, knurrte Lonnie gedämpft.

„Was ist?“

„Nichts“, sagte Lonnie. „Hab mich bloß geräuspert. Sag mal, müssen wir hier abbiegen?“

Willow nickte. „Ja – ihr scheint euch in Sunnydale ganz gut auszukennen.“

„Darauf kannst du wetten“, antwortete Lonnie mit einem lakonischen Grinsen. „Ich hab mir beim Plakatieren und Verteilen der Handzettel alles angesehen. Weißt du, wie man am schnellsten auf den Friedhof kommt?“

„Normalerweise kannst du dich durch das Tor zwängen, selbst wenn's geschlossen ist“, erklärte Willow mit einem wissenden Lächeln. *Oder du hüpfst einfach drüber, wenn du die Jägerin bist.* „Die dritte Einfahrt rechts, hinter den Bäumen.“

Als die Scheinwerfer des Pickups die Hecken am Friedhofstor streiften, sah Willow noch ein paar andere Autos und Kleinlaster, die am Friedhof geparkt waren. „Das ist ja lustig, wir sind gar nicht die einzigen.“

„Vielleicht hatten andere Leute dieselbe Idee“, murmelte Lonnie.

„Wahrscheinlich feiern irgendwelche Leute 'ne Party“, meinte Rose. „Seht mal, das Haus da drüben hat Festbeleuchtung.“

„Ja, das wird es wohl sein“, sagte Willow. „Seid ihr sicher, daß ihr unbedingt auf den Friedhof wollt – es ist immer noch nicht zu spät, um sich das Gerichtsgebäude anzusehen.“

Lonnie kicherte und schaltete den Motor ab. „Ich bin ganz sicher. Wie schmeckt das Eis?“

„Super“, log sie.

„Gut.“ Lonnie schnappte seinen Matchsack zwischen ihren Füßen weg, öffnete die Wagentür und stieg aus. Warmer Blütenduft wehte in die Fahrerkabine.

Beruhigend tätschelte Rose Willow die Hand. „Mach

dir keine Sorgen, Honey, wir beißen nicht. Jedenfalls nicht sehr."

Sie nahm ihre übergroße Tasche, glitt aus dem Pickup und streckte Xander die Arme entgegen. „Fertig zur Party?"

„Klar doch!" Xander krabbelte über den Plüschtiger und sprang über die Seitenklappe direkt in ihre Arme. Furchtbar gierig knutschten sie ein paar Augenblicke lang, bis Rose ihn fortschob und langsam auf das Tor zuschlenderte. Xander hüpfte wie ein Hündchen hinter ihr her.

Willow blieb wie angewurzelt im Pickup sitzen. Sie wußte, daß sie eine Chance hatte, aus all dem noch mit heiler Haut herauszukommen, aber dann mußte sie sich jetzt entschließen. *Warum nur der Friedhof? Hätte es nicht gereicht, auf 'ner einsamen Landstraße zu parken?*

Lonnie steckte seinen Kopf zum Fenster herein, und Willow fuhr vor Schreck zusammen. „Es ist so eine schöne Nacht", säuselte er. „Komm her und setz dich zu uns. Heul den Mond an."

Willow lachte nervös auf. „Meinem Magen geht's nicht so gut – er hat das ganze Junk food nicht vertragen."

„Ich verspreche dir, du mußt nichts mehr essen." Lonnie lächelte voller Charme.

„Okay, aber ich bleib nicht lange." Willow öffnete die Tür und stieg aus.

Mit Rose vornweg trotteten sie hintereinander auf das schmiedeeiserne Tor zu, das schon einen Spalt offenstand. Die Kette mit dem Vorhängeschloß, die sonst das Tor versperrte, war verschwunden.

„Oh, sie haben es extra für uns aufgelassen", sagte Rose belustigt. Sie stemmte sich gegen das Tor, das knarrend aufschwang. Xander stolperte blindlings hinterher, seine Hormone hatten ihn völlig im Griff.

„Das sieht mir nach einem sehr alten Friedhof aus", meinte Lonnie, dessen Hand warm auf Willows Rücken lag und ihre Furcht fortzustreicheln versuchte. „Sind hier irgendwelche Berühmtheiten begraben?“

Willow dachte nach. „Irgendwo liegt Herbert Jeremiah, der die Badekappe erfunden hat, und ich glaube, noch so ein Rodeocowboy. Viele der Gründerväter der Stadt sind hier begraben. Weißt du, Sunnydale ist sehr viel älter, als es aussieht.“

„Da bin ich mir sicher“, sagte Lonnie und schloß das Tor hinter ihnen. „Dieser Rodeocowboy – wo könnte sein Grab wohl sein?“

„Also, er war wirklich berühmt, er liegt da unten in der Senke, wo die ganzen Mausoleen sind.“ Willow versuchte, ein Schaudern zu unterdrücken, als sie die öde Landschaft mit den Grabsteinen, knorrigen Bäumen und Prachthäusern für die Toten sah. *Und für die Untoten*, dachte sie und erinnerte sich an das letzte Mal, als Xander und sie von Angehörigen des anderen Geschlechts zu den Mausoleen gelockt worden waren. Wenigstens war es jetzt heller, der Vollmond warf einen silbernen Schein auf die unheimliche Umgebung.

Sie hielt nach Xander und Rose Ausschau und entdeckte die beiden auf dem frisch gemähten Rasen, wo sie spielerisch miteinander balgten. Während sie sich auf der Wiese wälzten, wirkten sie eher wie Hundewelpen denn wie Liebende, und Willow hegte die Hoffnung, daß Rose in Xander vielleicht so etwas wie einen jüngeren Bruder sah. Doch im nächsten Augenblick wurde ihre Hoffnung zunichte, als beider Lippen sich zu einem leidenschaftlichen Kuß vereinten – mitten auf dem Friedhof, im Licht des Vollmondes.

Lonnie faßte Willow nun fester um die Taille, und sie ließ sich von ihm weiterziehen. Trotz seiner amourösen Absichten schien er es eilig zu haben, tiefer in den Friedhof vorzustoßen – und sie nah bei sich zu behalten. Willow warf einen Blick zurück auf Xander und Rose, die sich immer noch im Tau wälzten. Wenn sie die Realität leugnete und sich ihrer Phantasie hingab, so konnte sie sich an Roses Stelle versetzen. Trotzdem wäre ihr ein trockenes Plätzchen weitaus lieber gewesen.

Ohne Vorwarnung stieß die fragil wirkende Kirmesbraut Xander von sich – so mühelos, als wäre er nicht schwerer als ein Bettlaken. Xander rollte ungefähr fünf Meter weit den Hügel hinunter und krachte gegen einen Grabstein, während Rose unter irrem Gelächter aufsprang.

Nonchalant zog sie ihr Kleid zurecht, als sie an Willow und Lonnie vorbeispazierte. „Echt verspielt, dieser Typ. Laßt uns mal dieses weiße Türmchen da unten besichtigen."

Willow löste sich von Lonnie, um nachzusehen, ob Xander nichts passiert war, aber da kam er schon zu ihnen herübergehüpft. Nach dem dämlichen Ausdruck auf seinem von Lippenstift verschmierten Gesicht zu schließen, litt er immer noch unter teilweisem Hirnverlust.

„Wow!" war alles, was er herausbrachte, als er an ihnen vorbeistolperte.

Wütend und traurig spürte Willow plötzlich den Drang, Lonnie vor Xanders Augen zu küssen. In ihrer Miene mußte die Bereitschaft wohl deutlich zu lesen sein, denn Lonnie kam näher, und sie roch wieder seinen seltsamen Geruch nach Erde und Tier. Bevor seine weichen Lippen die ihren trafen, zog Willow die Nase kraus und nieste!

„'tschuldige", sagte sie schniefend. „Ich muß gegen irgendwas hier allergisch sein. Ich versteh's einfach nicht – normalerweise bin ich nämlich nur gegen Hunde allergisch."

Wut blitzte in Lonnies blauen Augen auf – doch dann schob er den Hut zurück und war wieder jeder Zoll ein Charmeur. „Hier herum wächst jede Menge Zeugs, besonders alle möglichen Gräser. Sollen wir die beiden nicht mal einholen?"

Solange Lonnie sich wie ein Gentleman benahm, wollte Willow auch keine Angst wegen des ungewöhnlichen Ortes für ein Rendezvous zeigen. In vieler Hinsicht war es besser, mit einem Gentleman zusammenzusein als mit einem Verrückten wie Xander. Diese heißen Umarmungen waren nicht allein Roses Schuld – es brauchte schon *zwei*, um völlig abzudriften.

Ein flüchtiger Schatten, der alsbald hinter einem Baumstamm verschwand, erregte ihre Aufmerksamkeit. Der Schatten war zu nahe am Boden, konnte also nicht zu einem Menschen gehören – es mußte ein Hund oder irgendein anderes Tier gewesen sein. *Vielleicht hab ich ja deshalb niesen müssen.* Willow hoffte nur, daß es kein Stinktier war. Aufmerksam beobachtete sie den Baum, sah aber nichts mehr.

Dann vernahm sie Stimmen, und sie gehörten nicht Xander und Rose, die nur ein paar Meter vor ihnen gingen. Die Stimmen drangen aus der Senke herauf, wo Mausoleen und edle Grabmale die Stadt der Toten schmückten.

Rose hatte von einem weißen Türmchen gesprochen, und nun standen sie davor. Und daneben noch ungefähr zehn andere Leute. Zunächst wirkte es beruhigend auf Willow, denn alle waren eindeutig echte Menschen. Aber je mehr sie darüber nachdachte, desto seltsamer kam es ihr vor, daß sie nachts zum Friedhof gefahren waren, nur um dort schon eine ganze Horde Teenies in Partystimmung vorzufinden. Wieder einmal beruhigte sie sich damit, daß die Schausteller unmöglich Vampire sein konnten. Sie liefen im hellen Sonnenschein herum – und sie ernährten sich von Hot dogs.

„Du hast echt die Wahrheit gesagt", meinte Xander verblüfft. „Hier steigt 'ne *Party*."

Als sie der Gruppe näher kamen, wurde Willow klar,

daß die Hälfte Kirmesleute waren und die andere Hälfte Kids aus der Stadt. Das war ja 'n Massen-Date!

Sie wandte sich an Lonnie: „Was ist denn hier los?"

„So halten wir's in jeder Stadt", meinte Lonnie achselzuckend. „Wir können ja nicht vorher wissen, ob's dort einen anständigen Club oder einen Park gibt, aber 'nen Friedhof hat schließlich jedes Kaff. Also feiern wir unsere Partys immer auf dem Friedhof."

„Das hättet ihr uns aber vorher sagen können", maulte Xander. Er war über die vielen Leute noch enttäuschter als Willow, falls das auf sie überhaupt zutraf. Sie hoffte, er werde auch enttäuscht nach Hause gehen.

„Ach, nun schau nicht so trübsinnig drein", sagte Rose und fuhr mit ihrem lackierten Fingernagel unter Xanders Kinn entlang. „Je mehr wir sind, desto lustiger wird die Party."

Willow verschaffte sich rasch einen Überblick: Es waren genau sieben Pärchen – Schausteller und Kids aus der Stadt –, wenn sie sich und die anderen drei mitzählte. Unter den Kirmesleuten waren auch die Rothaarige und der Typ mit den schwarzen Haaren, den sie beim Poker ausgenommen hatte. Der alte Hopscotch hatte offenbar niemanden abgekriegt, denn er war nicht dabei.

Die Kirmesleute saßen mit einstudierter Lässigkeit auf den Grabsteinen, während die Jugendlichen aus der Stadt eher verwirrt und unsicher aussahen. Was immer sie an diesem Abend erwartet hatten – bestimmt hatten sie nicht damit gerechnet, auf einem Friedhof zu landen und einander stumm anzustarren. Aber solange Xanders Pläne für sein ungestörtes Stelldichein mit Rose gestört waren, wollte Willow sich nicht beschweren.

„Was machen wir denn jetzt?" wollte sie wissen. „Scharaden aufführen? Kevin Bacon zum Beispiel?"

„Wir möchten euch eine kleine Showeinlage bieten", kündigte Lonnie an. Er nickte seinen Kollegen zu. Sie kletterten von ihren Sitzen herunter und bildeten eine lockere Reihe vor dem Grab mit dem schlanken weißen Turm. Jeder von ihnen trug eine Tasche oder einen Rucksack, und nun zündete einer ein Büschel getrockneter Blätter an. Beißender, würziger Rauch füllte die dunkle Senke auf dem Friedhof.

Willow und Xander rückten näher zusammen. Aus dem Mundwinkel flüsterte er ihr zu: „Ich hoffe, sie werden nicht versuchen, uns angst zu machen."

„Haben sie doch schon!" antwortete Willow. „Ich renn los, wenn du mitkommst."

„Laß uns erst sehen, was passiert."

„Vor einhundert Jahren", begann Lonnie feierlich, „lebte ein berühmter Mann in dieser Stadt. Sein Name war Spurs Hardaway, und dies ist sein Grab. Er war ein Mann der Show, wie wir. Man könnte sogar sagen, er war unsere Inspiration und unser Leuchtfeuer."

Lonnie tauschte einen wissenden Blick mit seinen Schaustellerkollegen. „Spurs mochte alle Sportarten, am liebsten ging er auf die Jagd. Zu Ehren von Spurs und seiner Lieblingsbeschäftigung werden wir euch jetzt eine kleine Showeinlage vorführen – einen Tanz, den wir Kojotentanz nennen. Heute nacht haben wir das perfekte Publikum und genau den richtigen Mond. Laßt uns mit einem Lied beginnen."

Willow hätte diese seltsamen Rufe und das gutturale Stöhnen nicht unbedingt als Gesang bezeichnet. Die Kirmesleute sahen absolut unheimlich aus, als sie im silbernen Mondschein zwischen den Grabsteinen herumschwankten und mit allen Gliedern zuckten. Die Kids aus der Stadt drängten sich jetzt alle zusammen, als bildeten sie das gegnerische Team, das auf den Anstoß wartete.

„Also, ihr Gesinge ist ja nicht gerade berauschend", murmelte Xander, „und der Tanz reißt einen auch nicht vom Hocker."

„Wenn du abhauen willst – ich bin sofort dabei."

Inmitten der Rauchschwaden begannen die Tanzenden nun, ihre Kleider auszuziehen. Es war kein erregender Striptease – ganz nüchtern entledigten sie sich ihrer Klamotten, als ob sie gleich duschen wollten.

Xander grinste Willow an. „Paß auf, jetzt wird's endlich spannend!"

Ein paar andere Jugendliche kicherten ebenfalls, aber die besessenen Tänzer achteten nicht auf sie. Sie fuhren fort zu singen und zu tanzen, als ob kein Mensch der Welt ihnen zusähe – und das war das Seltsamste daran. Als Willow eben dachte, daß es nicht mehr verrückter werden konnte, griffen die Tänzer in ihre großen Taschen und zogen alte Kojotenfelle heraus, die sie sich über die Schultern drapierten.

Xander blickte sie achselzuckend an. „Kostüme."

„Das ist mir zu schräg", sagte Willow. „Ich mach, daß ich wegkomme."

Sie drehte sich um und ging von den Tänzern weg. Zwei andere Mädchen aus der Stadt folgten ihr dicht auf den Fersen. Bevor sie wenige Meter zurückgelegt hatten, wurden sie von einem leisen Knurren aufgehalten. Alle drei starrten zu Tode erschrocken auf ein paar Kojoten, die vor ihnen auf Pfade und Grabsteine sprangen und ihnen den Weg versperrten.

Willow hörte die beiden anderen nach Luft schnappen und schreien. Sie fuhr herum und sah, daß die sieben Tänzer nun auf Händen und Knien krochen, sie zitterten und knurrten, als seien sie besessen. Der wirbelnde Rauch vermittelte den Eindruck, als veränderte sich ihre Gestalt. Als Willow genauer hinsah, erkannte sie, daß es tatsächlich so war.

Sie verwandelten sich in Kojoten!

Triumphierendes Geheul brandete ringsum auf, als die Kojoten den Kreis um die verängstigten Teenager schlossen. Willow sah nun, daß es mindestens fünfzehn dieser Biester waren – ohne die, die sich dort hinten auf der Erde wälzten und erst darangingen, sich in Kojoten zu verwandeln!

Mit vor Angst riesengroßen Augen drückte Xander sich enger an Willows Seite. „Das nächste Mal hör ich auf Buffy."

„Wenn's ein nächstes Mal gibt", gab sie zu bedenken.

Da ertönte hinter ihnen tiefes Stöhnen. Xander, Willow und die anderen Jugendlichen wirbelten herum und sahen, wie das Grab unter dem weißen Turm zu zittern begann. Erde und verwelkte Blumen wurden vom Erdboden verschlungen, als läge unter dem Grab das Zentrum eines kleinen Erdbebens. Dann hörten sie splitternde Geräusche, als bräche der Sarg im Grab langsam entzwei.

Plötzlich rannten ein paar Kojoten auf das Grab zu und begannen wie wild zu scharren, versuchten auszugraben, was immer da unten verborgen lag. Zitternd las Willow die Inschrift auf dem Grabstein: „Spurs Hardaway".

Ein paar der Jugendlichen wagten wieder einen Ausbruchsversuch und wurden sofort von hinterhältigen Kojoten umzingelt. Schnappend und knurrend trieben die Tiere alle in einer verängstigten Herde zurück. Als ein Junge nicht schnell genug war, sprang ihn ein dunkelbrauner Kojote an und biß ihn in den Oberschenkel. Schreiend humpelte der Junge hinter den anderen her. Die Kojoten hatten ihre Zahl verdoppelt, und Lonnie und seine Freunde waren . . . verschwunden.

Wohin Willow auch blickte, geschahen gräßliche Dinge, besonders aber hinter ihr. Die Kojoten hatten das Grab aufgebuddelt, und nun bahnte sich ein Etwas seinen Weg aus dem Sarg. Verfaulte Holzspäne flogen zum Himmel – und dann ragten zwei Knochenfäuste aus dem Grab empor!

„Befreit mich!" ächzte eine tiefe Stimme, die nicht einmal entfernt menschlich klang.

Der Vollmond schickte einen breiten Strahl, der die Spitze des Grabmals traf. Sie explodierte wie vom Blitz getroffen, und überall flogen Funken und Splitter. Willow ließ sich zu Boden fallen, was sie bald bereute, denn nun war sie auf gleicher Höhe mit dem Grab.

Sie schnappte vor Schreck nach Luft: Aus der Grube tauchte langsam ein grotesker wurmzerfressener Leichnam auf. Das Ungeheuer war in eine zerlumpte Bärenhaut gewickelt. Auf dem Kopf saß ein mumifizierter Bärenschädel. Rauch und Blätter umwehten die gräßliche Erscheinung, die nun den Schädel zurückwarf und in Kichern ausbrach.

„Ladies und Gentlemen, wie schön, wieder bei Ihnen zu sein!"

Die Kojoten heulten und kläfften triumphierend, während die Jugendlichen vor Angst weinten.

„Okay, Jungs", meinte Xander und wich langsam vor dem Zombie zurück, der rittlings auf seinem Grab saß. „Ihr habt uns angst gemacht – das war echt . . . 'ne Vorstellung! Können wir jetzt gehn?"

Die Kojoten schienen zu lachen. Der scheußliche Leichnam sprach mit hohlklingender Stimme. „Noch nicht. Ihr habt meine beste Nummer noch nicht gesehen."

Unter Knochenknirschen ließ sich das Ungeheuer nach vorn fallen und war nun vollends von der durchlöcherten Bärenhaut bedeckt. Sie sah aus, als sei sie mindestens eine Million Jahre alt. Während die Kojoten heulten und kläfften und die Jugendlichen weinten, schwankte die alte Bärenhaut langsam vor und zurück. Blitze zuckten am Himmel. Der Mond nahm einen gräßlichen roten Schimmer an.

Willow blinzelte ungläubig, sie wollte ihren Augen nicht trauen. Schwarze Haare am Rücken des Bärenfells richteten sich auf und zuckten. *Das ist elektrostatisch – sie sind bloß aufgeladen*, redete sie sich ein.

Verängstigt faßte Xander nach ihrer Hand. „Das ist alles die Schuld unserer Eltern, weil sie zum Höllenmund umgezogen sind."

„Weiß ich", sagte Willow.

Aus irgendeinem geheimnisvollen Grund hörten die Kojoten plötzlich auf zu heulen und sahen sich verblüfft um. Ein paar von ihnen rannten sogar in Richtung der Straße davon, während die anderen unsicher hinterherzockelten. Die entsetzten Jugendlichen nutzten die Gelegenheit und rannten wie die Hasen in die andere Richtung. Willow wollte sich ihnen gerade anschließen, als sie ein Brüllen vernahm, so markerschütternd, daß die Bäume bis zu ihren Wurzeln erschüttert wurden.

Sie fuhr herum und erblickte einen gewaltigen Grizzlybär, der sich vor ihr und Xander aufbäumte. Er maß mindestens drei Meter – tausend Pfund Zähne, Knochen und Muskeln! Das urzeitliche Monster stieß ein ohrenbetäubendes Gebrüll aus – es klang wütend und sehr, sehr hungrig.

„Sag nein zum Pelz!" rief eine helle Stimme hinter ihnen.

Willow und Xander ließen sich zu Boden fallen. Eine geschmeidige Gestalt kam hinter ihnen durch die Luft geflogen. Es war Buffy! Saltoschlagend setzte die Jägerin über ihre Köpfe hinweg und krachte dem Grizzly vor die Brust. Das Untier heulte vor Wut und taumelte rückwärts, versuchte mit den Klauen etwas Glänzendes in seinem Fell zu erwischen.

Da erkannte Willow, daß Buffy den Bären mit einer Art Klinge durchbohrt hatte – der Griff ragte noch ein paar Zentimeter heraus. Mit lautem Knurren stürzte sich die Jägerin ein zweites Mal auf den Grizzly und warf ihn drei Meter weit zurück. Die mächtige Gestalt des Bären krachte mit solcher Wucht gegen das weiße Grabmal, daß die ganze Konstruktion schwankte, den Halt verlor und schließlich einstürzte. Tonnenweise regnete weißer Marmorbruch um das verwundete Untier herab.

Buffy konnte sich im letzten Augenblick zur Seite rollen, bevor das ganze Monument mit lautem Krachen auf der Erde aufschlug. Das qualvolle Jaulen des Bären wurde zu den erstickten Schreien eines Menschen, dann war nichts mehr zu hören – Marmorbrocken hatten die Kreatur erschlagen. Nach ein paar Sekunden stieg nur noch eine dünne Staubwolke aus dem Grab auf, und man roch den fauligen Gestank des Todes, sonst nichts.

Sofort wandte sich Xander Buffy zu. „Hey, wir haben dir wirklich die ganze Zeit geglaubt! Wir wollten sie nur im Auge behalten, weil du ja irgendwie nicht da warst."

„Danke", war alles, was Willow herausbrachte. Zu mehr fehlte ihr der Atem. Dafür meinte sie es ernst.

Buffy stieß einen Seufzer aus. „Ich hoffe nur, Mom zählt nie das Tafelsilber nach." Sie schnippte mit den Fingern. „Giles!"

Die drei joggten über den Friedhof und flitzten zum Tor hinaus. Giles saß in seinem Wagen. Ungefähr zwanzig Kojoten hatten sich um das Fahrzeug versammelt und kratzten wütend mit ihren Krallen daran herum. Giles hatte sein Fenster ein wenig heruntergedreht und blies auf einer Art Pfeife – aber man hörte keinen Ton.

Dann sah er die drei, und Buffy winkte ihm zu. Einen Moment später ließ er den Motor an und fuhr langsam davon, während die Kojoten verspielt hinterherliefen.

„Das ist aber Pech", meinte Buffy. „Ich glaube, eure Lover haben euch sitzenlassen – für 'nen Typen mit 'ner Hundepfeife."

„Warum wollten sie bloß *Kojoten* sein?" fragte Xander völlig verwirrt. „Hat man als Mensch denn nicht auch seinen Spaß? Besonders, wenn man so toll aussieht?"

Buffy schüttelte den Kopf. „Das ist eine lange Geschichte. Laßt uns erstmal 'ne Nacht drüber schlafen.

Morgen früh können wir uns wiedertreffen und alle zusammen zu ihnen gehen. Jetzt, wo sie keinen Anführer mehr haben, können wir ihnen vielleicht ein bißchen Vernunft beibiegen."

„Bringst du uns nach Hause, Buffy?" bat Willow.

Die Jägerin grinste und legte ihrer Freundin den Arm um die Schultern. „Klar. Konnte er denn wenigstens gut küssen?"

„Ja." Nun mußte auch Willow grinsen.

Epilog

Gegen Mittag des nächsten Tages fuhren Buffy, Willow, Xander und Giles zu dem leeren Grundstück, auf dem die Kirmes stand, aber sie kamen zu spät. Der ganze Zauber war verschwunden – die Schausteller hatten alles bis auf das winzigste Schräubchen mitgenommen. Auf dem Platz, wo tags zuvor noch das Riesenrad gestanden hatte, fanden Buffy und ihre Freunde nichts als Asche und die sterbenden Flammen eines großen Feuers.

Nachdem sie ein bißchen in der Asche herumgestochert hatten, entdeckten sie verkohlte Überbleibsel von ein paar Tierhäuten. Dafür schien das Feuer angefacht worden zu sein – um diese Häute zu verbrennen.

„Hopscotch sagte, der Zauber werde gebrochen, wenn wir Spurs Hardaway an seiner Auferstehung hindern könnten", erklärte Buffy. „Vielleicht sind sie jetzt frei, ihr eigenes Leben zu führen."

„Hoffentlich als Menschen", setzte Giles hinzu.

„Ich hoffe, sie finden Frieden", meinte Willow.

Buffy spürte ein Augenpaar im Rücken und drehte sich um. Auf dem Hügel hinter dem Grundstück stand ein einsamer Kojote. Sie winkte dem alten Kojoten zu, und er drehte sich um und sprang davon.

Über den Autor

John Vornholt hat mehrere Karrieren in der schreibenden und in der darstellenden Zunft hinter sich – vom Stuntman bis zum Skriptverfasser für Zeichentrickfilme –, aber Schreiben gefällt ihm nun mal am besten. Er liebt es, mit seinen Lesern Katz und Maus zu spielen. John hat mehr als ein Dutzend *Star Trek*-Bücher geschrieben, und darüber hinaus Romane verfaßt, die in solch unterschiedlichen Universen wie *Babylon 5* und *Alex Mack* spielen. Sein Fantasy-Roman über Aesop, *The Fabulist*, wird in einer Bearbeitung als Musical auf die Bühne gebracht.

John lebt derzeit mit seiner Frau Nancy und den beiden Kindern Sarah und Eric in Arizona. Er geht dreimal in der Woche skaten. In den Hügeln von Hollywood, wo er siebzehn Jahre lebte, hat er viele Kojoten gesehen, und nun entdeckt er auch oft welche in der Wüste Sonora. Haltet die Augen offen, vielleicht seht Ihr auch mal einen.

Schickt John eure e-mail unter: jbv@azstarnet.com

In jeder Generation gibt es nur eine Jägerin . . .

Richie Tankersley

BUFFY
Im Bann der Dämonen
Die Wiederkehr des Meisters

Roman

Eine neue Schule, ein schöner, sonniger Morgen: Gutgelaunt beginnt Buffy ihren ersten Tag an der Sunnydale Highschool, wo niemand ahnt, daß sie zugleich eine Vampirjägerin ist. Ihre Aufgabe ist es, die Blutsauger zu bekämpfen, wenn sie aus den Gräbern steigen, um ihren Durst zu stillen. Hier im friedlichen Städtchen Sunnydale hofft Buffy jedoch, endlich ein ganz normales und geregeltes Leben mit Freunden führen zu können.
Doch schon einige Stunden später wird im Umkleideraum die Leiche eines Jungen gefunden . . . War es vielleicht doch kein Zufall, daß es die Vampirjägerin ausgerechnet hierher verschlagen hat? In den alten Büchern der Bibliothek finden sich Hinweise auf einen Meister der Alten Mächte, den König der Vampire. Alle hundert Jahre, genau in der Nacht zur Sonnenwende, braucht er neuen Lebenselixier: junges, frisches Blut, sonst würde er für immer seine Macht verlieren. Und in Sunnydale gibt es eine reiche Auswahl an jungem Blut . . .

vgs verlagsgesellschaft, Köln

In jeder Generation gibt es nur eine Jägerin . . .

Christopher Golden/Nancy Holder

BUFFY
Im Bann der Dämonen
Halloween

Roman

Halloween – die Zeit der Kürbisse und Geister. Und die Nacht der großen Parties. Kein Wunder, daß Buffy wenig Lust verspürt, ihrer Aufgabe nachzukommen und die Zeit damit zu verbringen, auf Dämonen zu achten.
Doch seit ewigen Zeiten wird in Sunnydale eine uralte Legende überliefert: Wenn es zu Halloween regnet, erwachen die Vogelscheuchen auf den Feldern zu Leben und greifen jeden an, der in ihre Nähe kommt. Obwohl sie bisher nie an solche Spukmärchen geglaubt haben, warnen Willow und Zander Buffy vor diesen Geistern. Doch ihre neue Freundin schlägt diese wohlgemeinten Ratschläge in den Wind – dabei müßte sie es als *Jägerin* eigentlich besser wissen!
Aber dann setzt der Regen ein . . .

vgs verlagsgesellschaft, Köln